O LADRÃO DE CASACA

CLÁSSICOS ZAHAR
em EDIÇÃO BOLSO DE LUXO

Alice
Lewis Carroll

Sherlock Holmes (9 vols.)
Arthur Conan Doyle

As aventuras de Robin Hood
O conde de Monte Cristo
Os três mosqueteiros
Alexandre Dumas

O corcunda de Notre Dame
Victor Hugo

Mowgli: Os livros da Selva
Rudyard Kipling

Arsène Lupin (6 vols.)*
Maurice Leblanc

O Lobo do Mar
Jack London

Frankenstein
Mary Shelley

Drácula
Bram Stoker

20 mil léguas submarinas
A ilha misteriosa
Viagem ao centro da Terra
A volta ao mundo em 80 dias
Jules Verne

O Homem Invisível
A máquina do tempo
H. G. Wells

Títulos disponíveis também em edição comentada e ilustrada
(exceto os indicados por asterisco)

Veja a lista completa da coleção no site zahar.com.br/classicoszahar

Maurice Leblanc

O LADRÃO DE CASACA

As primeiras aventuras de Arsène Lupin

Tradução:
André Telles e Rodrigo Lacerda

Apresentação:
Rodrigo Lacerda

5ª reimpressão

Copyright © 2016 by Editora Zahar
Copyright da tradução © 2016 by André Telles e Rodrigo Lacerda

Grafia atualizada segundo o Acordo Ortográfico da Língua Portuguesa de 1990, que entrou em vigor no Brasil em 2009.

Título original
Arsène Lupin, gentleman cambrioleur

Capa
Rafael Nobre/Babilonia Cultura Editorial

Projeto gráfico
Carolina Falcão

Revisão
Eduardo Monteiro
Carolina Sampaio

CIP-Brasil. Catalogação na publicação
Sindicato Nacional dos Editores de Livros, RJ

L486l   Leblanc, Maurice
    O ladrão de casaca: as primeiras aventuras de Arsène Lupin / Maurice Leblanc; tradução André Telles, Rodrigo Lacerda. — 1ª ed. — Rio de Janeiro: Zahar, 2016.

(Clássicos Zahar; Bolso de luxo)

Tradução de: Arsène Lupin, gentleman cambrioleur.
ISBN 978-85-378-1563-2

1. Ficção francesa. I. Telles, André. II. Lacerda, Rodrigo. III. Título. IV. Série.

16-31288
CDD: 843
CDU: 821.133.1-3

Todos os direitos desta edição reservados à
EDITORA SCHWARCZ S.A.
Praça Floriano, 19 — sala 3001
20031-050 — Rio de Janeiro — RJ
Telefone: (21) 3993-7510
www.companhiadasletras.com.br
www.blogdacompanhia.com.br
facebook.com/editorazahar
instagram.com/editorazahar
twitter.com/editorazahar

Sumário

Apresentação,
por Rodrigo Lacerda, 9

1. A detenção de Arsène Lupin, 13
2. Arsène Lupin na prisão, 34
3. A fuga de Arsène Lupin, 63
4. O passageiro misterioso, 93
5. O Colar da Rainha, 117
6. O sete de copas, 142
7. O cofre-forte da sra. Imbert, 193
8. A pérola negra, 210
9. Herlock Sholmes chega tarde demais, 231

Posfácio:
Quem é Arsène Lupin?,
por Maurice Leblanc, 269

Cronologia:
Vida e obra de Maurice Leblanc, 275

A Pierre Lafitte

Querido amigo,
Você me colocou num caminho no qual nunca julguei que devesse me aventurar, e nele tive tanto prazer e deleite literários que me parece justo inscrever seu nome na abertura deste primeiro volume, oferecendo-lhe aqui meus sentimentos de afetuosa e fiel gratidão.

M.L.

Apresentação

Maurice Leblanc nasceu em 1864, em Rouen, na Alta Normandia francesa. Seu pai, Emile, era um empresário no ramo da construção naval. Sua mãe, Mathilde, vinha de uma família tradicional. O cirurgião que o trouxe ao mundo, Achille Flaubert, era amigo íntimo da família, assim como seu já consagrado irmão Gustave. Com o autor de *Madame Bovary*, também natural de Rouen, o menino teria uma longa convivência até aproximadamente os dezesseis anos.

Após concluir o liceu, Maurice cursou a faculdade de Direito, mas recusou um bom emprego numa fábrica e, aos 24 anos, "subiu até Paris". Tornou-se jornalista e escreveu contos, romances e peças teatrais, bastante influenciados por Flaubert e seu outro grande ídolo literário, Guy de Maupassant. Fez sucesso de crítica, mas viu a carreira ameaçada pela ausência de uma renda estável. Em algum momento de 1905, Pierre Lafitte, um editor conhecido e respeitado, convidou Leblanc a publicar uma ficção policial na revista *Je Sais Tout*.

O personagem que resultou do convite é, provavelmente, uma mistura de quatro outras figuras, entre históricas e literárias. No primeiro grupo, um conselheiro municipal de Paris chamado Arsène Lopin, cujo sobrenome foi trocado para Lupin (segundo algumas fontes, por protestos do conselheiro após a publicação inicial), e o anarquista francês Marius Jacob, famoso por seus roubos em nome da causa e pela generosidade com suas vítimas.

No segundo, três ladrões de casaca já existentes na literatura da época: Raffles, criação de Ernest William Hornung, surgido na Inglaterra em 1898 (embora haja quem bote em dúvida se Leblanc o conheceria); Arthur Lebeau, personagem do romance *Os 21 dias de um neurastênico*, de Octave Mirbeau (1901); e o protagonista da peça *Scrupules* (1902), também de Mirbeau.

Além desses predecessores, Sherlock Holmes, o detetive de Arthur Conan Doyle, é uma evidente inspiração em negativo para Lupin. Ambos são indivíduos superdotados no que se refere a grandes estratagemas criminosos, um do lado da justiça, desvendando-os, o outro do crime, concebendo-os.

A primeira aventura de Lupin, intitulada "A detenção de Arsène Lupin", apareceu no nº 6 da *Je Sais Tout*, datada de 15 de julho de 1905. O sucesso foi imediato e outras oito se seguiram. Sherlock Holmes é mencionado, como exemplo de bom detetive, já na segunda história, intitulada "Arsène Lupin na prisão".

Tempos depois, em 1906, na história "Sherlock Holmes chega tarde demais", um veterano Sherlock, agora personagem ativo, enfrenta o ainda jovem Lupin e sai derrotado. Conan Doyle, dessa vez, incomodou-se com a apropriação de seu personagem – ou com o desfecho do duelo – e recorreu à justiça para barrá-la.

Em 1907, as nove histórias inaugurais foram reunidas no livro *O ladrão de casaca*, tal qual aqui publicadas. O embate com o detetive inglês estava entre elas, como fecho do volume, porém com uma pequena alteração: o nome de Sherlock vinha parodiado, nascendo então Herlock Sholmes. Essa nova encarnação do gênio de Baker Street ainda apareceria em três outros livros: *Arsène Lupin contra Herlock Sholmes*, de 1908, *A agulha oca*, de 1909, e *813*, de 1910. Maurice Leblanc, aparentemente, divertia-se em provocar o colega de letras britânico.

O sucesso de Arsène Lupin e suas mirabolantes aventuras só fez crescer. Entre 1905 e 1941, o personagem protagonizaria ao todo quinze romances, três novelas e 38 contos, distribuídos ao todo em 23 livros, afora quatro peças de teatro. Sua astúcia e fama chegaram a fazer com que o criador da série, em 1921, fosse convidado a colaborar com a Sûreté, a polícia francesa. Maurice Leblanc casou-se duas vezes e teve uma filha do primeiro casamento e um filho do segundo. Após sua morte, em 1941, dois romances de Lupin ainda seriam publicados, um deles inacabado.

RODRIGO LACERDA

Rodrigo Lacerda é escritor e tradutor. Autor de *Hamlet ou Amleto: Shakespeare para jovens curiosos e adultos preguiçosos* e *A república das abelhas*, entre outros. Recebeu o Prêmio Jabuti de tradução por *O conde de Monte Cristo* e *Os três mosqueteiros* (publicados pela Zahar), sempre em parceria com André Telles. É diretor da coleção Clássicos Zahar.

1. A detenção de Arsène Lupin

Que estranha viagem! E começara tão bem! De minha parte, nunca fiz qualquer outra que se anunciasse sob auspícios mais favoráveis. O *Provence* era um transatlântico veloz, confortável, comandado pelo mais afável dos homens. A bordo estava reunida a nata da sociedade. Travavam-se relações, combinavam-se programas. Tínhamos a impressão deliciosa de estar isolados do mundo, entregues a nós mesmos, como se numa ilha desconhecida, obrigados, por conseguinte, a nos aproximar uns dos outros.

E nos aproximávamos...

Porventura já pensaram no que há de singular e imprevisto nesse agrupamento de criaturas que ainda na véspera não se conheciam e que, durante alguns dias, entre o céu infinito e o mar imenso, irão partilhar a vida mais íntima, desafiando juntos a fúria do oceano, o apavorante ataque das ondas, a calma insidiosa da água adormecida?

No fundo, é como viver uma espécie de resumo trágico da própria vida, com suas procelas e esplendores, sua monotonia e diversidade, e eis aí, talvez, o motivo de saborearmos com prontidão febril e volúpia ainda mais intensa essa curta viagem, cujo fim vislumbramos justamente quando está para começar.

De uns anos para cá, no entanto, alguma coisa vem intensificando singularmente as emoções da travessia. A pequena ilha flutuante continua a depender daquele mundo de que nos julgávamos libertados. Um laço subsiste, que se desata pouco a pouco, no meio do oceano, e, pouco a pouco, no meio do oceano, volta a se atar. O telégrafo sem fio! Chamadas de outro universo, do qual receberíamos notícias da maneira mais misteriosa possível! A imaginação não conta mais com o recurso de aludir a fios metálicos em cujo bojo desliza a invisível mensagem. O mistério é ainda mais insondável, além de mais poético, e é às asas do vento que somos obrigados a recorrer para explicar esse novo milagre.

Nas primeiras horas, portanto, nos sentimos seguidos, escoltados, até mesmo precedidos por essa voz longínqua que, de tempos em tempos, sussurrava a um de nós algumas palavras da terra firme. Dois amigos falaram comigo. Outros dez, vinte, nos enviaram a todos, através do espaço, seu adeus triste ou risonho.

Pois bem, no segundo dia, a quinhentas milhas da costa francesa, durante uma tarde tempestuosa, o telégrafo nos transmitiu uma mensagem cujo teor era o seguinte:

> Arsène Lupin a bordo, primeira classe, louro, ferimento antebraço direito, viaja sozinho, usando o sobrenome R...

Nesse exato instante, um raio violento trovejou no céu escuro. Os impulsos elétricos foram interrompidos. O resto da mensagem não chegou. Do sobrenome atrás do qual Arsène Lupin se escondia, só ficamos sabendo a inicial.

No caso de qualquer outra notícia, não tenho a menor dúvida de que o segredo seria escrupulosamente guardado pelos telegrafistas, bem como pelo comissário de bordo e o comandante. Há fatos, porém, que parecem arrombar a discrição mais rigorosa. No mesmo dia, sem que se atinasse como, a coisa havia ecoado: todos sabíamos que o famoso Arsène Lupin se esgueirava entre nós.

Arsène Lupin entre nós! O escorregadio salteador cujas proezas os jornais vinham noticiando há meses! O enigmático personagem com quem o velho Ganimard, nosso melhor policial, encetara um duelo até a morte, cujas peripécias se desenrolavam de maneira tão pitoresca! Arsène Lupin, o rocambolesco gentleman que só opera em castelos e salões e que, uma noite, após invadir a residência do barão Schormann, partira de mãos vazias e deixara seu cartão, despedindo-se com elegância: "Arsène Lupin, o ladrão de casaca, voltará quando a mobília for autêntica." Arsène Lupin, o homem de mil disfarces, sucessivamente motorista, tenor, bookmaker, rapaz de família, adolescente, idoso, representante comercial marselhês, médico russo, toureiro espanhol!

Imaginem simplesmente o seguinte: Arsène Lupin indo e vindo na moldura relativamente restrita de um transatlântico – o que digo! –, no cantinho da primeira classe onde nos encontrávamos ainda há pouco, naquela sala de jantar, naquele salão, naquele *fumoir*! Arsène Lupin talvez seja esse senhor... ou aquele... meu vizinho de mesa... meu companheiro de camarote...

– E isso ainda vai durar cinco vezes vinte e quatro horas! – Miss Nelly Underdown exclamou no dia seguinte. – É uma situação intolerável! Só espero que o prendam.

E dirigindo-se a mim:

– O senhor, que já caiu nas graças do comandante, não saberia de nada, sr. d'Andrézy?

Quem me dera saber alguma coisa para agradar Miss Nelly! Era uma dessas criaturas magníficas que, onde quer que estejam, ocupam imediatamente o primeiro plano. Lindas e ricas, elas ofuscam. Andam com um séquito de fiéis, de entusiastas.

Criada em Paris pela mãe francesa, ia encontrar o pai, o riquíssimo Underdown, de Chicago. Uma amiga sua, Lady Jerland, a acompanhava.

Desde o primeiro instante, candidatei-me ao flerte. Contudo, na intimidade rápida da viagem, seu encanto logo me desestabilizou e, quando seus grandes olhos negros encontravam os meus, eu me sentia zonzo demais para um flerte. Ainda assim, era com certa boa vontade que ela recebia meus tributos. Consentia rir de minhas pilhérias e se interessar por minhas histórias. Uma vaga simpatia parecia retribuir o interesse que eu lhe devotava.

Um único rival talvez me inquietasse, um rapaz até que bem-apessoado, cujo humor taciturno ela parecia preferir aos meus modos mais "extrovertidos" de parisiense.

Coincidentemente, ele se encontrava no grupo de admiradores que rodeava Miss Nelly quando ela me interrogou. Estávamos no convés, instalados em confortáveis cadeiras de balanço. O temporal da véspera clareara o céu. Um momento delicioso do dia.

– Nada sei de preciso – respondi –, mas a senhorita julgaria possível empreendermos uma investigação independente, como faria o velho Ganimard, inimigo pessoal de Arsène Lupin?

– Oh, oh! Isso seria ir longe demais!

– Em que sentido? O problema é tão complicado assim?

– Complicadíssimo.

– É que se esquece dos elementos de que dispomos para solucioná-lo.

– E quais são eles?

– Primeiro: Lupin se faz passar pelo sr. R...

– Descrição um tanto vaga.

– Segundo: viaja desacompanhado.

– Se para o senhor tal particularidade é suficiente...

– Terceiro: é louro.

– E daí?

– E daí que basta consultarmos a lista de passageiros e procedermos por eliminação.

Eu tinha essa lista no bolso. Peguei-a e percorri-a.

– Observo de pronto que os passageiros cuja inicial chama nossa atenção limitam-se a treze.

– Só treze?

– Na primeira classe, sim. Desses treze srs. R..., como pode verificar, nove estão acompanhados por esposas, filhos ou criados. Restam quatro indivíduos desacompanhados: o marquês de Raverdan...

– Secretário de embaixada – interveio Miss Nelly –, conheço-o.

– O major Rawson...

– É meu tio – disse alguém.

– O sr. Rivolta...

– Presente! – exclamou alguém entre nós, um italiano cujo rosto sumia debaixo de uma belíssima barba negra.

Miss Nelly caiu na risada.

– O cavalheiro não é exatamente louro.

– Logo – retomei –, somos obrigados a concluir que o culpado é o último da lista.

– Que é...

– Que é o sr. Rozaine. Alguém conhece o sr. Rozaine?

Calaram-se. Miss Nelly, contudo, interpelando o homem taciturno cuja presença constante a seu lado me atormentava, disse:

– E então, sr. Rozaine, por que não reage?

Os olhos voltaram-se para ele. Era louro.

Lá no fundo, confessemos, senti um pequeno choque. E o silêncio constrangido que se abateu sobre nós indicava estarem os demais presentes sentindo aquela mesma espécie de falta de ar. O que, diga-se de passagem, era um absurdo, pois afinal nada nas maneiras do cavalheiro autorizava qualquer suspeita contra ele.

– Por que não reajo? – ele repetiu. – Ora, simplesmente porque, considerando meu nome, minha condição de passageiro viajando sozinho e a cor do meu cabelo, já procedi a um interrogatório análogo e cheguei a esse mesmo resultado. Logo, sou a favor de que me prendam.

Ao dizer essas palavras, ele adquiriu um ar estranho. Seus lábios, finos como dois traços retos, ficaram ainda mais finos e empalideceram. Vasos de sangue estriaram seus olhos.

Ele estava brincando, sem dúvida. Seja como for, seu semblante e sua atitude nos impressionaram. Candidamente, Miss Nelly perguntou:

– E o ferimento?

– É verdade – ele disse –, falta o ferimento.

Com um gesto nervoso, arregaçou a manga e mostrou o braço. Uma ideia súbita me ocorreu. Meus olhos cruzaram com os de Miss Nelly: ele mostrara o braço esquerdo.

Juro, quando eu estava prestes a fazer essa observação de maneira explícita, um incidente distraiu nossa atenção. Lady Jerland, a amiga de Miss Nelly, chegou esbaforida.

Estava completamente transtornada. Formamos uma roda à sua volta e só com muito sacrifício ela conseguiu balbuciar:

– Minhas joias, minhas pérolas...! Levaram tudo!

Não, não haviam levado tudo, como viemos a saber na sequência; coisa muito mais curiosa: haviam escolhido!

Da estrela de diamantes, do pingente em cabochões de rubi, dos colares e pulseiras violados haviam retirado não as pedras maiores, e sim as mais delicadas e preciosas, aquelas, a princípio, de maior valor e menor volume. Os engastes jaziam ali, sobre a mesa. Pude vê-los, todos nós os vimos, despojados de suas joias como flores das quais alguém tivesse arrancado as belas pétalas cintilantes e coloridas.

Para executar o trabalho, fizera-se necessário, durante a hora em que Lady Jerland tomava o chá, fizera-se necessário, repito, à luz do dia e num corredor movimentado, arrombar a porta do camarote, encontrar uma pequena bolsa propositalmente escondida no fundo de uma caixa de chapéu, abri-la e escolher!

Um grito em uníssono escapou de todas as bocas. Divulgada a notícia do roubo, a opinião dos passageiros mostrou-se unânime: "Foi Arsène Lupin." E, de fato, aquele era manifestamente seu método complicado, misterioso, inconcebível... e não obstante lógico, pois, sendo difícil ocultar o volumoso estorvo que teria formado o conjunto das joias, quão menor era o embaraço com pequenos itens avulsos, pérolas, esmeraldas e safiras!

Na hora do jantar, deu-se o seguinte: os dois lugares, à direita e à esquerda de Rozaine, permaneceram vazios. À noite, soubemos que ele fora intimado pelo comandante.

Sua prisão, que ninguém mais questionava, foi um verdadeiro alívio. Respirávamos finalmente. Nessa noite, nos divertimos com jogos pueris. Dançamos. Miss Nelly, sobretudo, demonstrou uma alegria esfuziante, fazendo-me ver que, se no início apreciara a corte de Rozaine, nem se lembrava mais dela. Sua graça terminou de me conquistar. Por volta da meia-noite, sob a claridade tranquila do luar, declarei-me com uma emoção que não pareceu desagradá-la.

No dia seguinte, contudo, para espanto geral, soubemos que, verificando-se infundadas as acusações contra ele, Rozaine estava livre.

Filho de um negociante proeminente de Bordeaux, seus documentos estavam rigorosamente em ordem. Além disso, não foi constatada qualquer marca de ferimento em seus braços.

– Documentos! Certidões de nascimento! – exclamaram os inimigos de Rozaine. – Ora, Arsène Lupin lhes dará quantos os senhores quiserem! No tocante ao ferimento, ou não o tinha... ou apagou sua marca!

Objetavam-lhes que, no momento do furto, Rozaine – isso tinha sido provado – passeava no convés. Ao que retrucavam:

– Desde quando um homem da têmpera de Arsène Lupin precisa estar presente na hora do roubo?

Entretanto, pairando acima de todas as considerações vulgares, havia um ponto que nem os mais céticos eram capazes de refutar. Quem, exceto Rozaine, viajava só, era louro e tinha o sobrenome começando por R? Para quem o telegrama apontava, senão para Rozaine?

Quando, poucos minutos antes do almoço, ele veio audaciosamente em direção ao nosso grupo, Miss Nelly e Lady Jerland se levantaram e mantiveram distância.

Era medo, pura e simplesmente.

Uma hora mais tarde, uma circular manuscrita passava de mão em mão entre funcionários de bordo, marujos e passageiros de todas as classes: o sr. Louis Rozaine prometia uma soma de dez mil francos a quem desmascarasse Arsène Lupin, ou descobrisse quem estava de posse das pedras subtraídas.

– Se não aparecer ninguém para me ajudar contra esse bandido – declarou Rozaine ao comandante –, resolverei o assunto por minha conta.

Rozaine contra Arsène Lupin ou, segundo o gracejo que correu, o próprio Arsène Lupin contra Arsène Lupin, luta que não deixava de ser interessante!

Ela se prolongou por dois dias.

Rozaine foi visto em todos os cantos, misturando-se à tripulação, interrogando, fuçando. Sua sombra foi percebida, à noite, espreitando.

O comandante, de sua parte, empenhou-se no limite de suas energias. De alto a baixo, em todos os cantos, o *Provence* foi esquadrinhado. Todos os camarotes, sem exceção, foram revistados, sob o argumento afinal pertinente de que os objetos estavam escondidos em qualquer lugar, menos no camarote do culpado.

– Terminaremos descobrindo alguma coisa, não acha? – pressionava Miss Nelly. – Nem com feitiçaria ele poderá fazer diamantes e pérolas ficarem invisíveis.

– Sim, ele pode – respondi. – Caso contrário, teriam que revistar a copa de nossos chapéus, o forro de nossos paletós e tudo que carregamos conosco.

Mostrei-lhe minha Kodak, uma 9 × 12 com a qual não me cansava de fotografá-la, nas mais variadas poses:

– Todas as pedras preciosas de Lady Jerland caberiam dentro de uma câmera não maior do que esta, concorda? É só fingir bater umas fotos e aplicar o golpe.

– Mas ouvi dizer que não existe ladrão que não deixe alguma pista para trás.

– Existe um: Arsène Lupin.

– Por quê?

– Por quê? Porque ele não pensa apenas no furto que comete, mas em toda e qualquer circunstância capaz de denunciá-lo.

– O senhor parecia mais confiante no início.

– Mas depois o vi em ação.

– Então, para o senhor...?

– Para mim, estamos perdendo tempo.

De fato, as investigações não davam resultado, ou pelo menos o resultado que davam não correspondia ao esforço geral: o relógio de pulso do comandante foi roubado.

Furioso, este redobrou seu ardor e apertou a vigilância sobre Rozaine, com quem tivera diversas entrevistas. No dia seguinte, ironia encantadora, o relógio foi achado entre os colarinhos postiços do imediato.

Tudo isso tinha ares de prodígio, trazia a marca humorística de Arsène Lupin, ladrão, que seja, mas nem por isso menos diletante. Trabalhava por gosto e vocação, vá lá, mas também para se divertir. Parecia um dramaturgo, entretendo-se com a peça que ele mesmo escreveu e, nos bastidores, rindo a bandeiras despregadas das piadas e situações que imaginou.

Decididamente, era um artista a seu modo e, quando eu observava Rozaine, sombrio e obstinado, e especulava sobre o papel duplo desse curioso personagem, era incapaz de referir-me a ele sem certa admiração.

Ora, na antepenúltima noite, o oficial de plantão ouviu gemidos no recanto mais escuro do convés. Aproximou-se. Havia ali um homem estendido, a cabeça enrolada num cachecol cinza bem grosso, os punhos amarrados com um fino cordão.

Soltaram-no. Levantaram-no, dispensaram-lhe cuidados.

Esse homem era Rozaine.

Era Rozaine, atacado durante uma de suas diligências, derrubado e depenado. Um cartão de visita, espetado com um alfinete em sua roupa, trazia as palavras:

> Arsène Lupin aceita com gratidão os dez mil francos do sr. Rozaine.

Na realidade, a carteira roubada continha vinte notas de mil.

O infeliz foi acusado, naturalmente, de simular o ataque contra si mesmo. Contudo, além de ser impossível amarrar-se daquele jeito, ficou estabelecido que a letra do cartão diferia radicalmente da letra de Rozaine, assemelhando-se, ao contrário, a ponto de se confundir, com a de Arsène Lupin, tal como a reproduzia um antigo jornal encontrado a bordo.

Rozaine então deixava de ser Arsène Lupin. Rozaine era Rozaine, filho de um negociante de Bordeaux! A presença de Arsène Lupin voltava a assombrar, e com grande demonstração de força!

Instalou-se o terror. Não ousamos mais ficar sozinhos em nossos camarotes, muito menos nos aventurar em locais ermos. Prudentemente, nos agrupávamos entre pessoas que confiavam umas nas outras. Ainda assim, uma desconfiança instintiva separava os mais íntimos. É que a ameaça não provinha de um único indivíduo, justamente por isso menos perigoso. Arsène Lupin agora era... era todo mundo. Nossa imaginação superexcitada lhe atribuía um poder miraculoso e ilimitado. Nós o supúnhamos capaz de assumir os disfarces mais inesperados, de ser ora o respeitável major Rawson, ora o nobre marquês de Raverdan, ora mesmo esta ou aquela pessoa conhecida de todos, com mulher, filhos e criados.

Os primeiros despachos transmitidos pelo ar não trouxeram novidade. Ao menos o comandante não nos participou de nada, num silêncio que estava longe de nos tranquilizar.

O último dia, portanto, pareceu interminável. Vivíamos na expectativa angustiante da tragédia. Dessa vez, não seria mais um furto, não seria mais uma simples agressão, seria crime, assassinato. Não era possível que Arsène Lupin se satisfizesse com aqueles dois insignificantes butins. Senhor absoluto do navio, com as autoridades reduzidas à impotência, bastava-lhe querer, tudo lhe era permitido, ele dispunha de nossos bens e de nossas existências.

Horas deliciosas para mim, confesso, pois ganhei a confiança de Miss Nelly. Inquieta por natureza, e impressionada com tantos incidentes, buscou espontaneamente proteção junto a mim, uma segurança que eu me regozijava em lhe oferecer.

No fundo, eu abençoava Arsène Lupin. Não era ele que nos aproximava? Não era graças a ele que eu tinha o direito de me entregar aos mais belos sonhos? Sonhos de amor e sonhos menos quiméricos – por que não admiti-lo? Os Andrézy são de ilustre linhagem poitevina, porém, estando seu brasão um pouco descascado, não me parece indigno de um fidalgo cogitar devolver-lhe o brilho perdido.

Esses sonhos, eu sentia, não ofendiam Nelly. Seus olhos risonhos me autorizavam a cultivá-los. A doçura de sua voz me dizia para ter esperança.

Apoiados na amurada, permanecemos um ao lado do outro até o último momento, enquanto o desenho do litoral americano estendia-se à nossa frente.

As diligências haviam sido suspensas. Era hora de aguardar. Da primeira classe ao setor entrecoberto, onde se amontoavam os imigrantes, aguardava-se o minuto supremo, quando, enfim, o insolúvel enigma seria elucidado. Quem era Arsène Lupin? Sob que nome, que máscara se escondia o famoso Arsène Lupin?

E esse minuto supremo chegou. Nem que eu vivesse cem anos esqueceria o mais ínfimo detalhe.

– Como está pálida, Miss Nelly – eu disse à minha companheira, que se amparava em meu braço, toda trêmula.

– E o senhor! – foi a sua resposta. – Como está mudado!

– Ora, pense um pouco! É um momento eletrizante e considero uma felicidade vivê-lo a seu lado, Miss Nelly. Acho que sua memória voltará a ele algumas vezes ainda...

Arfante e nervosa, ela não escutou. A passarela desceu. Contudo, antes que nos autorizassem a transpô-la, algumas pessoas subiram a bordo, agentes da alfândega, homens uniformizados, mensageiros.

Miss Nelly balbuciou:

– Se concluíssem que Arsène Lupin escapou durante a travessia, não me admiraria nem um pouco.

– Ou talvez tenha preferido a morte à desonra e mergulhado no Atlântico para não ser preso.

– Não ria – ela rebateu, contrariada.

Fui percorrido por um tremor súbito e, como ela me interrogava, expliquei:

– Está vendo aquele velhinho em pé no fim da passarela...

– De guarda-chuva e redingote verde-oliva?

– É Ganimard.

– Ganimard?

– É, o célebre policial, o que jurou prender Arsène Lupin com as próprias mãos. Ah! Agora compreendo por que não tivemos notícias desse lado do oceano. Ganimard estava aqui. Ele prefere cuidar pessoalmente dos seus assuntos.

– Arsène Lupin será então finalmente detido?

– Quem sabe? Ganimard parece que só o viu maquiado e disfarçado. A menos que tenha conhecimento do sobrenome que ele adotou...

– Ah! – ela exclamou, com uma curiosidade feminina ligeiramente cruel –, quem me dera assistir à sua prisão!

– Um pouco de paciência. Arsène Lupin, certamente, já notou a presença do inimigo. Deve sair entre os últimos, quando os olhos do velho já estiverem cansados.

O desembarque teve início. Apoiado em seu guarda-chuva, afetando indiferença, Ganimard parecia não prestar muita atenção no povaréu que se espremia entre as duas balaustradas. Notei que um oficial de bordo, posicionado atrás dele, dava-lhe informações de vez em quando.

Passaram o marquês de Raverdan, o major Rawson, o italiano Rivolta e outros, muitos outros... Avistei Rozaine, que se aproximava.

Pobre Rozaine! Não parecia recuperado de suas desventuras.

– No fim, talvez seja ele mesmo – sugeriu Miss Nelly. – O que acha?

– Acho que seria de grande interesse juntar Ganimard e Rozaine num mesmo retrato. Use a minha câmera, por favor, estou muito carregado.

Passei-lhe a câmera, porém tarde demais para que a disparasse. Rozaine passava. O oficial se debruçou ao ouvido de Ganimard, este sacudiu ligeiramente os ombros, e Rozaine passou.

Mas então, meu Deus, quem era Arsène Lupin?

– Sim – ela disse em voz alta –, quem é?

Restavam apenas cerca de vinte passageiros. Ela observava um a um, temendo confusamente que não estivesse entre eles.

Apressei-a:

– Não podemos mais esperar.

Ela avançou. Segui-a. Contudo, não déramos dez passos quando Ganimard barrou nossa passagem.

– Muito bem, o que há? – falei.

– Um instante, cavalheiro, para que tanta pressa?

– Estou acompanhando a senhorita.

– Um instante – ele repetiu, com uma voz imperiosa.

Após me examinar detidamente, indagou, olhos nos olhos:

– Arsène Lupin, certo?

Desatei a rir.

– Não, Bernard d'Andrézy, modestamente.

– Bernard d'Andrézy morreu há três anos na Macedônia.

– Se Bernard d'Andrézy estivesse morto, eu não pertenceria mais a este mundo. E não é o caso. Aqui estão meus papéis.

– São os dele. Como os obteve, é o que terei o prazer de lhe explicar.

– O senhor está louco! Arsène Lupin embarcou com o sobrenome R.

– Sim, mais um truque seu, uma pista falsa que nos lançou! Ah, o senhor é um fenômeno, meu rapaz. Mas, dessa vez, a sorte virou. Vamos, Lupin, seja um bom perdedor.

Hesitei um segundo. Ele me deu um safanão no antebraço direito. Gritei de dor. Acertara o ferimento ainda mal cicatrizado que o telegrama indicara.

Enfim, o momento era de resignação. Voltei-me para Miss Nelly. Ela escutava, lívida, vacilante.

Seu olhar bateu no meu, então abaixou-se instantaneamente até a Kodak que eu lhe entregara. O gesto brusco com que reagiu me deu a impressão, a certeza mesmo, de que compreendia num estalo. Sim, era ali, entre as paredes estreitas do corrugado preto, no bojo do pequeno objeto, o qual eu tivera a precaução de depositar em suas mãos antes que Ganimard me desse ordem de prisão, era efetivamente ali que descansavam os vinte mil francos de Rozaine, bem como as pérolas e os diamantes de Lady Jerland.

Ah, juro, nesse momento solene, enquanto Ganimard e dois comparsas me cercavam, tudo me foi indiferente, minha prisão, a hostilidade das pessoas, tudo exceto uma coisa: a decisão que Miss Nelly tomaria a respeito do que eu lhe confiara.

Que tivessem contra mim a prova material e decisiva, isso pouco me importava; mas, aquela prova, Miss Nelly iria fornecê-la?

Seria eu traído por ela? Destruído por ela? Agiria ela como inimiga que não perdoa ou como mulher que se lembra, cujo desprezo é atenuado por uma gota de indulgência, de simpatia involuntária?

Ela passou à minha frente. Cumprimentei-a discretamente, sem uma palavra. Misturada aos demais passageiros, ela se encaminhou à passarela, com minha Kodak nas mãos.

Em público, pensei, decerto ela não ousa. Será dentro de uma hora, de um instante, que a entregará.

No entanto, chegando ao meio da passarela e fingindo um acidente, deixou-a cair na água, entre o muro do cais e o flanco do navio.

Em seguida, observei-a enquanto se afastava.

Sua graciosa silhueta sumiu na multidão, reapareceu e desapareceu. Estava terminado, terminado para sempre.

Por um instante imóvel, triste e, ao mesmo tempo, impregnado de uma doce ternura, lamentei em seguida, para grande espanto de Ganimard.

– Às vezes me arrependo de não ser honesto...

Foi assim que, durante uma noite de inverno, Arsène Lupin me contou a história de sua captura. Uma série de incidentes, que um dia deitarei no papel, estreitara nossos laços... de amizade, posso dizer? Sim, atrevo-me a supor que Arsène Lupin me honra com certa amizade, e que é essa amizade que o faz aparecer de surpresa lá em casa, trazendo, para o silêncio do meu gabinete de estudos, sua alegria juvenil, a fagulha de uma vida incandescente, o bom humor de um homem para quem o destino só tem favores e sorrisos.

Seu retrato? Como fazê-lo? Vi Arsène Lupin vinte vezes e em cada uma delas era uma criatura diferente que me aparecia... ou melhor, a mesma criatura da qual vinte espelhos me teriam devolvido outras tantas imagens deformadas, cada uma com seus olhos singulares, sua silhueta inconfundível, seu gestual próprio, seu perfil, seu caráter.

– Eu mesmo – confidenciou-me – não sei mais quem sou. Não me reconheço mais ao espelho.

Gozação, eu sei, e paradoxo, mas a verdade para quem o encontra e ignora seus recursos infinitos, sua paciência, sua arte da maquiagem, seu prodigioso dom de transformar até as proporções do rosto, alterando o equilíbrio de seus traços.

– Por que – continua ele – eu teria uma aparência definida? Por que não evitar o perigo de uma personalidade sempre idêntica? Meus atos bastam para me identificar.

E esclarece, com uma ponta de orgulho:

– Tanto melhor se jamais são capazes de afirmar com toda a certeza: "Este é Arsène Lupin." O essencial é dizerem, sem medo de errar: "Arsène Lupin fez isso."

São alguns desses atos, ou aventuras, que tento reconstituir a partir das confidências com que ele generosamente me agraciou, durante algumas noites de inverno, no silêncio de meu escritório...

2. Arsène Lupin na prisão

Não há turista digno desse nome que não conheça as margens do Sena e que, ao ir das ruínas de Jumièges às de Saint-Wandrille, não tenha reparado no estranho castelinho feudal do Malaquis, tão orgulhosamente incrustado em seu rochedo no meio do rio. O arco de uma ponte o liga à estrada. A base de suas torrezinhas escuras se confunde com o granito que o suporta, imenso bloco desgarrado sabe-se lá de que montanha e ali projetado por algum violento cataclismo. Circundando-o, as águas serenas do grande rio jogam entre os juncos e libélulas tremelicam na superfície úmida das pedras.

A história do Malaquis é rude como seu nome e áspera como seu vulto. Uma sucessão de combates, cercos, ataques, pilhagens e massacres. Os crimes cometidos entre seus muros, rememorados nos serões da região de Caux, dão calafrios. Correm lendas misteriosas. Fala-se de um subterrâneo que outrora daria acesso à abadia de Jumièges e ao solar de Agnès Sorel, namorada de Carlos VII.

Nesse antigo reduto de heróis e bandoleiros, mora o barão Nathan Cahorn, ou barão Satã, como era conhecido antigamente na Bolsa, onde enriqueceu um pouco repentinamente demais. Arruinados, os senhores do Malaquis foram obrigados a lhe vender, por uma bagatela, a morada de seus ancestrais. Lá, ele instalou suas admiráveis coleções de móveis e quadros, faianças e peças de madeira entalhada. Lá, ele mora sozinho com três velhos criados. Lá, nunca entra ninguém. Naquelas venerandas salas, ninguém jamais contemplou seus três Rubens, seus dois Watteau, sua cadeira Jean Goujon e tantas outras maravilhas arrancadas a golpes de promissória dos mais ricos frequentadores das hastas públicas.

O barão Satã vive com medo. Não por si próprio, mas pelos tesouros acumulados com paixão férrea e perspicácia de diletante, que os mais espertos marchands não podem se gabar de haver induzido ao erro. Ele os ama: ferozmente, como um avaro; passionalmente, como um namorado.

Todos os dias, ao pôr do sol, os quatro portões revestidos de ferro, que guarnecem as duas extremidades da ponte e a entrada do pátio de honra, são fechados e aferrolhados. Com o mínimo toque, alarmes elétricos dispariam no silêncio. Do lado do Sena, nada a temer: é um rochedo escarpado.

Ora, uma sexta-feira de setembro, o carteiro, como de hábito, apareceu na cabeça da ponte. E, também segundo a norma cotidiana, foi o barão quem entreabriu o pesado batente.

Examinou minuciosamente o homem, como se não conhecesse há anos aquele rosto alegre e bondoso, aqueles olhos astutos de camponês, e o homem lhe disse, rindo:

– Continua sendo eu, sr. barão. E não alguém que roubou meu uniforme, ou meu quepe.

– Vai saber! – resmungou Cahorn.

O carteiro lhe entregou uma pilha de jornais. Em seguida, acrescentou:

– E agora, sr. barão, temos novidade.

– Novidade?

– Uma carta… e, ainda por cima, registrada.

Isolado, sem amigos, sem ninguém que se interessasse por ele, o barão nunca recebia cartas e aquela lhe pareceu logo um acontecimento de mau augúrio, com o qual havia motivos para se preocupar. Quem seria o misterioso remetente que vinha importuná-lo em seu reduto?

– Precisa assinar, sr. barão.

Ele assinou, resmungando. Então, pegou a carta, esperou o carteiro desaparecer na curva da estrada e, após deambular para lá e para cá, apoiou-se no parapeito da ponte e rasgou o envelope. Este continha uma folha de papel quadriculado com um cabeçalho escrito à mão: "Prisão de La Santé, Paris." Olhou a assinatura: "Arsène Lupin." Estupefato, leu:

Senhor barão,

Na galeria que interliga seus dois salões, há um quadro de Philippe de Champaigne de excelente fatura, que me agrada infinitamente. Os Rubens também são de meu gosto, bem como seu Watteau menor. No salão da direita, falam-me a credência Luís XIII, as tapeçarias de Beauvais, o gueridom Império assinado Jacob e o baú Renascença. No da esquerda, toda a vitrine de joias e miniaturas.

Por ora, me contentarei com esses objetos, que, suponho, têm saída mais fácil. Peço-lhe portanto que os acondicione adequadamente e os remeta em meu nome (frete pago) para a estação ferroviária de Batignolles, antes de oito dias… Descumprida tal condição, eu mesmo procederei à mudança, na noite de quarta-feira 27 para quinta 28 de setembro. Nesse caso, desnecessário dizer, não me contentarei com os objetos supramencionados.

Queira desculpar o pequeno incômodo que lhe dou e aceitar a expressão de meus sentimentos de respeitosa consideração.

Arsène Lupin

PS: Importante: não envie o Watteau maior. Embora o senhor tenha pago trinta mil francos por ele no Palácio dos Leilões, não passa de uma cópia, o original tendo sido queimado, no período do Diretório, por Barras, durante uma noite de orgia. Consulte as Memórias inéditas de Garat.

Tampouco faço questão da gargantilha Luís XV, cuja autenticidade me parece duvidosa.

A carta deixou o barão Cahorn desarvorado. Assinada por outro qualquer, já o teria alarmado consideravelmente, que dirá por Arsène Lupin!

Assíduo leitor dos jornais, a par de tudo que acontecia no mundo em matéria de roubo e crime, ele conhecia cada detalhe das proezas do infernal ladrão. É claro, sabia que Lupin, preso nos Estados Unidos por seu inimigo Ganimard, estava efetivamente atrás das grades, que o inquérito prosseguia – a duras penas! Mas também não ignorava que dele se podia esperar de tudo. Por exemplo, o conhecimento meticuloso do castelo e da disposição dos quadros e móveis era indício dos mais temíveis. Quem o orientara sobre coisas que ninguém nunca vira?

O barão ergueu os olhos e contemplou o vulto selvagem do Malaquis, seu pedestal bruto, a água profunda que o cercava, e deu de ombros. Não, de uma vez por todas, não havia nenhum perigo. Ninguém no mundo seria capaz de uma invasão que chegasse ao santuário inviolável de suas coleções.

Ninguém, vá lá, mas e Arsène Lupin? Acaso existem portões, pontes levadiças e muralhas para Arsène Lupin? De que adiantam os obstáculos mais bem-concebidos, as precauções mais seguras, se Arsène Lupin havia traçado seu objetivo?

Naquela mesma noite, o barão escreveu ao procurador da República de Rouen. Anexava a carta de ameaças e requeria ajuda e proteção.

A resposta não tardou: estando o mencionado Arsène Lupin atualmente detido na Santé, vigiado de perto e impossibilitado de escrever, a carta só podia ser obra de um gozador. Tudo apontava para isso, a lógica, o bom senso, mas também a realidade dos fatos. Ainda assim, por excesso de zelo, haviam chamado um perito para analisar a caligrafia e este declarara que, não obstante certas analogias, a letra não era a do detento.

"Não obstante certas analogias", o barão reteve única e exclusivamente essas três palavras inquietantes, nas quais via a confissão de uma dúvida que, por si só, deveria bastar para uma intervenção da justiça. Seus temores só fizeram aumentar. Lia e relia a carta. "Eu mesmo procederei à mudança." E numa data precisa, a noite da quarta-feira 27 para a quinta 28 de setembro...!

Desconfiado e taciturno, não ousara desabafar com seus criados, cuja lealdade não lhe parecia acima de qualquer suspeita. Por outro lado, pela primeira vez em anos, sentia necessidade de trocar confidências e se aconselhar. Abandonado pela justiça da região, sentindo-se impotente para se defender sozinho, cogitou ir a Paris implorar a ajuda de algum velho policial.

Passaram dois dias. No terceiro, lendo os jornais, estremeceu de alegria. *Le Réveil de Caudebec* publicava esta notinha:

> É uma satisfação ter entre nós, há três semanas, o inspetor-chefe Ganimard, um veterano da Sûreté. O sr. Ganimard, que granjeou reputação europeia com a captura de Arsène Lupin, seu feito mais recente, descansa de sua espinhosa rotina apoquentando trutas e salmões.

Ganimard! O conselheiro que o barão de Cahorn procurava! Quem melhor que o esperto e paciente Ganimard para desbaratar os planos de Lupin?

O barão não pensou duas vezes. Seis quilômetros separam o castelo do vilarejo de Caudebec. Ele os transpôs num passo alegre, deixando sua esperança de salvação transbordar.

Após diversas tentativas infrutíferas de obter o endereço do inspetor-chefe, dirigiu-se à redação do *Réveil*, que dava para o cais do rio. Lá, encontrou o autor da notinha, que, aproximando-se da janela, exclamou:

– Ganimard? Vai certamente encontrá-lo na beira do cais, pescando. Foi onde nos conhecemos e onde bati os olhos em seu nome, gravado no caniço. Veja, o velhinho logo ali, à sombra das árvores do passeio.

– De redingote e chapéu de palha?

– Ele mesmo! Ah, um sujeito estranho e caladão, antipático até.

Cinco minutos depois, o barão acercava-se do célebre Ganimard e, apresentando-se, tentou puxar assunto. Não conseguindo, atacou sem rodeios o problema e expôs seu drama.

O outro escutou, imóvel, sem perder de vista o peixe ao qual espreitava, voltou a cabeça para o barão, olhando-o de cima a baixo com ar de profunda piedade, e sentenciou:

– Cavalheiro, não é de praxe prevenir a quem se pretende depenar. Arsène Lupin, em especial, não comete esse tipo de disparate.

– No entanto...

– Cavalheiro, se eu tivesse um fiapo de dúvida, creia-me, o prazer de engaiolar novamente o meu caro Lupin prevaleceria sobre qualquer outra consideração. Infelizmente, o rapaz já está atrás das grades.

– E se ele escapar...?

– Ninguém escapa de La Santé.

– Mas ele...

– Ele ou qualquer outro.

– No entanto...

– Muito bem, se ele escapar, tanto melhor, fisgo-o novamente. Enquanto isso, durma com os dois olhos bem fechados e pare de espantar essa truta.

A conversa estava encerrada. O barão, relativamente mais calmo ante a despreocupação de Ganimard, retornou ao castelo. Verificou as fechaduras, deu uma espiada nos criados, e transcorreram quarenta e oito horas, durante as quais ele quase chegou a se convencer de que, no fim das contas, seus temores eram infundados. Não, decididamente, como dissera Ganimard, não se previne a quem se pretende depenar.

Aproximava-se a data. Na manhã da terça-feira, véspera do dia 27, nada de especial. Às três horas, contudo, um moleque tocou. Trazia uma mensagem.

Nenhum caixote na estação de Batignolles. Prepare tudo para amanhã à noite.

Arsène

Foi outro deus nos acuda, a ponto de ele se perguntar se não era melhor ceder às exigências de Lupin.

Correu a Caudebec. Sentado numa cadeira dobrável, Ganimard pescava no mesmo lugar. Sem uma palavra, o barão estendeu-lhe o telegrama.

– E daí? – fez o inspetor.

– E daí? Mas é para amanhã!

– O quê?

– O assalto! A pilhagem de minhas coleções!

Ganimard descansou o caniço, voltou-se para ele e, cruzando os braços no peito, bufou:

– Ah, isso? Acha que vou perder meu tempo com essa baboseira?

– Quanto o senhor cobraria para passar a noite de 27 para 28 de setembro no castelo?

– Nenhum centavo, deixe-me em paz.

– Diga o seu preço, sou rico, riquíssimo.

A brutalidade da oferta desconcertou Ganimard, que, mais calmo, prosseguiu:

– Estou passando férias aqui e proibido de me envolver...

– Ninguém saberá. Aconteça o que acontecer, prometo guardar segredo.

– Oh! Nada vai acontecer.

– Que tal três mil francos? É o suficiente?

O inspetor aspirou sua pitada de rapé, refletiu e abaixou a guarda:

– Aceito. Mas, por uma questão de honestidade, deixo claro que é dinheiro jogado fora.

– Não me importa.

– Nesse caso... E depois, enfim, como saber com esse demônio do Lupin! Ele deve ter um bando inteiro às suas ordens... Confia em seus criados?

– Quem dera...

– Então não contemos com eles. Chamarei dois avantajados amigos, que nos darão maior segurança... Agora, afaste-se, para não sermos vistos juntos. Até amanhã, às nove.

No dia seguinte, data estipulada por Arsène Lupin, o barão Cahorn tirou sua armadura do baú, poliu sua lança, sua espada, e caminhou pelas cercanias do Malaquis. Nada de suspeito o inquietou.

À noite, às oito e meia, dispensou os criados. Estes dormiam numa ala cuja frente dava para a estrada, porém com algum recuo, no limite extremo do castelo. Quando ficou a sós, abriu sem pressa as quatro portas. Ao fim de um momento, ouviu passos se aproximando.

Depois de apresentar seus dois auxiliares, gigantes com pescoço de touro e punhos de aço, Ganimard pediu certos esclarecimentos. Inteirando-se da distribuição dos cômodos, fechou cuidadosamente a porta e montou barricadas em todas as passagens por onde era possível invadir as salas ameaçadas. Examinou as paredes, ergueu as tapeçarias e só então, por último, instalou seus agentes na galeria central.

– Não quero asnices, ouviram? Não estamos aqui para dormir. Ao menor alarme, abram as janelas do pátio e gritem por mim. Atenção também do lado da água. Dez metros de penhasco não assustam demônios desse calibre.

Após trancá-los ali, levou as chaves consigo e disse ao barão:

– Agora, ao nosso posto.

Para passar a noite, ele escolhera um quartinho escavado nas entranhas das muralhas do castelo, entre as duas portas principais, que já fora, antigamente, o alojamento da sentinela. Uma janelinha gradeada dava para a ponte, outra para o pátio. Num canto, via-se como que a boca de um poço.

– Não me disse, sr. barão, que esse poço era a única entrada para os subterrâneos e que ela está interditada desde tempos imemoriais?

– Sim.

– Logo, a menos que exista outra passagem, ignorada por todos exceto por Arsène Lupin, o que parece um tanto improvável, podemos ficar sossegados.

Alinhou três cadeiras e, estendendo-se confortavelmente, acendeu o cachimbo e suspirou:

– Juro, sr. barão, só mesmo a obsessão de acrescentar um andar na casinha onde devo terminar meus dias para me fazer aceitar tarefa tão simples. Contarei a história ao amigo Lupin, ele terá frouxos de riso.

O barão não ria. À espreita, interrogava o silêncio com uma inquietude crescente. De tempos em tempos, debruçava no poço, mergulhando o olho ansioso no buraco escuro.

Onze horas, meia-noite, uma da madrugada.

De repente ele agarrou o braço de Ganimard, que acordou sobressaltado.

– Ouviu?

– Ouvi.

– O que é?

– Sou eu roncando!

– Claro que não, escute...

– Ah! Perfeitamente, é a buzina de um automóvel...

– E então?

– Então, é pouco provável que Lupin use um automóvel como aríete para demolir o castelo. Por conseguinte, sr. barão, eu, no seu lugar, dormiria... como terei a honra de voltar a fazê-lo. Boa noite.

Foi o único alerta. Ganimard pôde retomar seu sono interrompido e o barão não ouviu mais nada a não ser o seu ronco sonoro e regular.

Ao raiar do dia, deixaram o quartinho. Uma paz imensa e serena, paz da manhã à beira da água fresca, envolvia o castelo. Cahorn, radiante de alegria, Ganimard, sempre plácido, subiram a escada. Nenhum ruído. Nada suspeito.

– Não falei, sr. barão? No fundo, eu não deveria ter aceitado… Sinto-me envergonhado…

Ele pegou as chaves e adentrou a galeria.

Em duas cadeiras, curvados com os braços pendentes, os dois agentes dormiam.

– Macacos me mordam! – grunhiu o inspetor.

Simultaneamente, o barão soltou um grito:

– Os quadros…! A credência…!

Gaguejava, engasgava, apontava a mão para os lugares vazios, para as paredes nuas, das quais saíam pregos, dos quais pendiam inúteis cordões. O Watteau, evaporado! Os Rubens, roubados! As tapeçarias, despregadas! As vitrines, esvaziadas de suas joias.

– E meus candelabros Luís XVI! O castiçal do Regente! Minha Virgem do Doze!

Corria para lá e para cá, atarantado, desesperado. Lembrava os preços de compra, somava as perdas sofridas, acumulava algarismos, embaralhando tudo em palavras indistintas e frases inacabadas. Espernava, contorcia-se, louco de raiva e dor. Quem o visse diria um homem arruinado a quem só resta estourar os miolos.

Se existisse alguma coisa capaz de consolá-lo, teria sido ver a perplexidade de Ganimard. Ao contrário do barão, o inspetor não se mexia. Parecia petrificado, passando um olhar vítreo pelo ambiente. As janelas? Fechadas. A fechadura das portas? Intactas. Nenhuma brecha no teto. Nenhum buraco no assoalho. Tudo na mais perfeita ordem. Uma ação metódica, executada segundo um plano inexorável e lógico.

– Arsène Lupin... Arsène Lupin – ele murmurou, desmoronado.

Num estalo, partiu para cima dos dois agentes, como se a cólera enfim o arrebatasse, e os estapeou furiosamente, xingando-os. Eles não acordaram!

– Diabos – reagiu –, será que por acaso...?

Debruçou sobre eles e examinou um e outro atentamente: dormiam, mas um sono que não era natural.

Ele disse ao barão:

– Foram drogados.

– E por quem?

– Ora, por quem! Por ele, caramba...! Ou pelo bando, mas dirigido por ele. É um golpe de sua lavra. Tem a marca evidente.

– Neste caso, estou perdido, nada a fazer.

– Nada a fazer.

– Mas é abominável, monstruoso.

– Registre uma queixa.

– Para quê?

– Sei lá! Tente assim mesmo… a justiça tem seus meios…

– A justiça! Mas não está vendo… Agora, por exemplo, quando poderia estar procurando um indício, descobrindo alguma coisa, o senhor nem se mexe.

– Descobrir alguma coisa com Arsène Lupin! Ora, meu caro senhor, Arsène Lupin nunca deixa nada para trás! Não existe acaso com Arsène Lupin! Chego a me perguntar se não foi voluntariamente que se deixou prender por mim nos Estados Unidos!

– Quer dizer que devo abrir mão dos meus quadros, de tudo! Mas foram as pérolas da minha coleção que ele roubou. Eu daria uma fortuna para recuperá-las. Se nada podemos fazer contra Lupin, que ele diga seu preço!

Ganimard cravou-lhe os olhos:

– Estas foram palavras sensatas. Não as retira?

– Não, não e não. Por que pergunta?

– Uma ideia que tive.

– Que ideia?

– Voltaremos ao assunto, se o inquérito for arquivado… De toda forma, nenhuma palavra a meu respeito, se quiser que eu triunfe.

Acrescentou, sibilando:

– Aliás, verdade seja dita, não tenho do que me gabar.

Os dois agentes voltavam a si gradativamente, com o ar abestalhado dos que saem de um sono hipnótico. Perplexos, arregalavam os olhos, procurando compreender. Quando Ganimard os interrogou, não se lembravam de nada.

– Mas vocês devem ter visto alguma coisa!

– Não.

– Não se lembram?

– Não, não.

– E não beberam nada?

Refletiram, um deles respondeu:

– Sim, bebi um pouco d'água.

– Água dessa garrafa?

– Sim.

– Eu também – declarou o segundo.

Ganimard cheirou-a, provou-a. Não tinha nenhum gosto especial, nenhum cheiro.

– Inútil – disse –, estamos perdendo tempo. Não é em cinco minutos que se resolvem os enigmas propostos por Arsène Lupin. Mas, raios e trovões, juro que o ponho de novo atrás das grades. Ele ganhou a segunda partida. Vamos ao desempate.

No mesmo dia, uma queixa de furto qualificado era registrada pelo barão Cahorn contra Arsène Lupin, detido na prisão de La Santé!

Essa queixa, o barão se arrependeu muito de ter feito, ao ver o Malaquis entregue aos policiais, ao procurador, ao juiz de instrução, aos jornalistas, a todos os curiosos que se insinuam em toda parte onde não deveriam estar.

O caso já eletrizava a opinião pública. Esta se formava sob condições tão singulares, o nome de Arsène Lupin inflamava a tal ponto as fantasias, que mesmo as notícias mais mirabolantes veiculadas pelos jornais gozavam de crédito junto ao público.

A carta inicial de Arsène Lupin, por exemplo, publicada no *Echo de France* (ninguém nunca soube quem vazou o texto), carta em que o barão Cahorn recebia o aviso ultrajante do que o ameaçava, deu o que falar. Explicações fabulosas surgiram sem demora. A existência dos famosos subterrâneos voltou a ser considerada. Influenciado, o Ministério Público orientou suas buscas nessa direção.

Revistaram minuciosamente o castelo. Interrogaram cada pedra. Procuraram nas madeiras entalhadas e nas lareiras, nas molduras dos espelhos e nos caibros dos tetos. À luz de archotes, esquadrinharam os imensos porões, onde outrora os senhores do Malaquis estocavam munições e víveres. Sondaram as entranhas do rochedo. Tudo em vão. Não descobriram nenhum indício de subterrâneo. Não existia nenhuma passagem secreta.

Que seja, respondiam de todos os lados, mas móveis e quadros não desaparecem como fantasmas. Passam por janelas e portas, assim como entram e saem por janelas e portas as pessoas que deles se apoderam. Quem são elas? Como entraram? E como saíram?

O Ministério Público de Rouen, numa confissão de impotência, requereu auxílio de agentes parisienses. O sr. Dudouis, chefe da Sûreté, enviou seus melhores batedores da tropa de elite. Ele mesmo hospedou-se por quarenta e oito horas no Malaquis. Não teve melhores resultados.

Foi quando decidiu convocar o inspetor Ganimard, cujos serviços tantas vezes tivera a oportunidade de apreciar.

Ganimard escutou em silêncio as instruções de seu superior e, abanando a cabeça, declarou:

– Penso que cometemos um erro crasso ao concentrarmos as buscas no castelo. A solução está fora dele.

– E onde, por favor?

– Com Arsène Lupin.

– Com Arsène Lupin! Supor isso é admitir sua participação.

– Admito-a. Vou além, considero-a ponto pacífico.

– Convenhamos, Ganimard, isso é absurdo. Arsène Lupin está na prisão.

– Arsène Lupin está na prisão, de fato. Vigiado, concordo. Mas ainda que ele tivesse correntes nos pés, cordas nos pulsos e mordaça na boca, eu não mudaria de opinião.

– E por que essa ideia fixa?

– Porque só Arsène Lupin tem capacidade para montar uma engrenagem dessa envergadura e montá-la de modo a que funcione... como funcionou.

– Falar é fácil, Ganimard!

– Mas é a verdade. Não procurem por passagens subterrâneas, pedras girando sobre um eixo e outras patranhas do tipo. Nosso indivíduo não se vale de procedimentos tão arcaicos. Ele é de hoje, ou melhor, de amanhã.

– Que conclusão você tira disso?

– Concluo pedindo-lhe autorização expressa para passar uma hora com ele.

– Em sua cela?

– Sim. Na volta dos Estados Unidos, durante a travessia, tivemos excelentes conversas, e ouso dizer que ele cultiva certa simpatia por seu algoz. Se ele puder me informar sem se comprometer, não hesitará em me poupar uma viagem inútil.

Passava um pouco do meio-dia quando Ganimard foi introduzido na cela de Arsène Lupin. Este, deitado em sua cama, ergueu a cabeça e deixou escapar um grito de alegria.

– Ah, é o que podemos chamar de uma grata surpresa. O meu querido Ganimard, aqui!

– Ele mesmo.

– Eu sonhava com uma porção de coisas para a aposentadoria que escolhi… mas nenhuma com maior ansiedade do que tê-lo comigo.

– Muito amável.

– Em absoluto, em absoluto, professo a mais viva estima pela sua pessoa.

– Fico orgulhoso.

– Sempre afirmei: Ganimard é o nosso melhor detetive. Quase comparável – note que estou sendo franco – a Sherlock Holmes. E, juro, sinto muito não dispor senão desse banquinho para lhe oferecer. Nenhum refresco! Nem sequer um copo de cerveja. Peço desculpas, estou aqui de passagem.

Ganimard acomodou-se, sorrindo, e o prisioneiro, feliz de falar, prosseguiu:

– Meu Deus, que satisfação descansar meus olhos no semblante de um homem honesto. Já cansei de todas essas caras de espiões e alcaguetes que fazem dez vezes por dia a revista de meus bolsos e de minha modesta cela, verificando se não preparo nenhuma fuga. Impressionante como esse governo me paparica...!

– Ele tem seus motivos...

– Que nada! Eu ficaria tão feliz se me deixassem quieto no meu canto!

– Bancado pelo dinheiro alheio.

– Não é verdade? Seria tão simples! Mas divago, falo tolices, e talvez você esteja com pressa. Vamos ao ponto, Ganimard! O que fiz para merecer a honra da visita?

– O caso Cahorn – declarou Ganimard, sem rodeios.

– Alto lá! Um segundinho... São tantos casos na minha mão! Permita-me encontrar na cachola a pasta do caso Cahorn... Ah! aqui está, pincei-a. Caso Cahorn, castelo do Malaquis, Alta Normandia. Dois Rubens, um Watteau e umas ninharias.

– Ninharias!

– Ora, francamente, isso tudo é tão insignificante... Há coisa melhor! Mas, visto que o caso lhe interessa... Desembuche, Ganimard.

– Preciso explicar em que pé se encontra o inquérito?

– É supérfluo. Li os jornais matutinos. Tomo inclusive a liberdade de lhe dizer que vocês não avançaram muito.

– É esta justamente a razão pela qual conto com sua boa vontade.

– A seu inteiro dispor.

– Em primeiríssimo lugar: o golpe foi realmente maquinado por você?

– De A a Z.

– A carta de aviso? O telegrama?

– Ambos deste seu servidor. Devo inclusive ter os recibos em algum lugar.

Arsène abriu a gaveta de uma mesinha de madeira branca que, com a cama e o banquinho, compunha toda a mobília da cela, pegou dois pedaços de papel e os estendeu a Ganimard.

– Ora essa! – exclamou o detetive. – E eu que o julgava vigiado noite e dia, revistado a torto e a direito. E você lê jornais, guarda recibos postais...

– Bobagem! As pessoas são de uma obtusidade! Desfazem a costura do meu paletó, fuçam as solas das minhas botinas, auscultam as paredes desta cela, mas não passa pela cabeça de nenhum deles que Arsène Lupin seja ingênuo a ponto de escolher esconderijo tão óbvio. Foi justamente nisso que eu apostei.

Ganimard, divertindo-se, exclamou:

– Você é impagável, meu rapaz! E me desconcerta. Agora conte-me como tudo se deu.

– Oh, oh! Não está pedindo muito? Iniciá-lo em meus segredos... desvendar meus pequenos truques... Isso é muito sério.

– Errei, acreditando em sua colaboração?

– Não, Ganimard, e já que insiste...

Arsène Lupin percorreu duas ou três vezes a cela, antes de estacar subitamente:

– O que pensa da minha carta ao barão?

– Penso que sua intenção foi se divertir, impressionar a plateia.

– Ah, então é isso, impressionar a plateia! Pois bem, Ganimard, juro que o supunha mais perigoso. Acaso perco tempo com criancices, eu, Arsène Lupin! Porventura eu teria escrito a carta se pudesse depenar o barão sem ela? Oh, por favor, compreendam, você e os demais, essa carta é o ponto de partida indispensável, a mola que disparou a engrenagem. Que tal procedermos por ordem e prepararmos juntos o assalto do Malaquis?

– Estou ouvindo.

– Imaginemos então um castelo absolutamente fechado, cercado de barricadas, como é o do barão Cahorn. Deveria eu desistir do jogo e abrir mão dos tesouros que cobiço, alegando que o castelo onde estão é inacessível?

– Óbvio que não.

– Deveria eu tentar o assalto à moda antiga, à frente de uma tropa de mercenários?

– Infantil!

– Deveria eu entrar sem que ninguém notasse?

– Impossível.

– Resta um meio, o único no meu modo de ver: ser convidado pelo proprietário do mencionado castelo.

– Método original.

– E simplíssimo! Suponhamos que um dia o mencionado proprietário receba uma carta, advertindo-o do que trama contra ele um certo Arsène Lupin, ladrão famoso. Qual será sua atitude?

– Enviará a carta ao procurador.

– Que zombará dele, uma vez que *o mencionado Lupin encontra-se atualmente atrás das grades*. Resultado: desassossego do homenzinho, que agora se dispõe a pedir socorro ao primeiro que aparecer, concorda?

– Sem sombra de dúvida.

– E se calhar de ele ler num pasquim qualquer que um célebre policial está passando férias na localidade vizinha...

– Irá se dirigir a esse policial.

– Não fui eu quem disse. Vamos agora admitir que, entrementes, prevendo esse passo inevitável, Arsène Lupin tenha pedido a um de seus amigos mais desenvoltos que se instalasse em Caudebec e entabulasse relações com um jornalista do *Réveil*, jornal do qual o barão é assinante, sugerindo ser ele o tal, o policial célebre. O que acontecerá?

– O jornalista noticiará no *Réveil* a presença do dito policial.

– Exato, e das duas, uma: ou o peixe – quer dizer, Cahorn – não morde a isca, e não acontece nada. Ou, hipótese mais verossímil, ele acorre, indócil. Eis então o meu Cahorn implorando a ajuda de um de meus amigos para me enfrentar!

– Cada vez mais original.

– Naturalmente, o pseudopolicial começa por recusar sua colaboração. Chega o bilhete de Lupin. Pavor do barão, que volta a suplicar ao meu amigo, oferecendo-lhe um tanto para zelar por sua salvação. O mencionado amigo aceita e leva consigo dois brucutus do nosso bando, que, à noite, enquanto Cahorn é vigiado por seu protetor, passam certo número de objetos pela janela e, com o auxílio de cordas, os deixam escorregar até uma singela chalupa fretada para este fim. É simples como Lupin.

– E ridiculamente maravilhoso – exclamou Ganimard –, não me restando senão elogiar a ousadia da concepção e a engenhosidade dos detalhes. O que não vejo é policial suficientemente ilustre e renomado para atrair e impressionar o barão a esse ponto.

– E só existe mesmo um, apenas um.

– Quem?

– O mais ilustre, o inimigo pessoal de Arsène Lupin, em suma, o inspetor Ganimard.

– Eu!

– Você mesmo, Ganimard. E o mais delicioso: se for até lá e o barão se dispuser a conversar, você terminará descobrindo que seu dever é prender a si mesmo, tal como fez comigo nos Estados Unidos. Hein! A revanche é cômica, faço Ganimard prender Ganimard!

Arsène Lupin ria gostosamente. O inspetor, envergonhadíssimo, mordia os lábios. Não julgava a piada merecedora daquele rompante.

A chegada do carcereiro lhe deu tempo de se recompor. O homem trazia a comida que, por um privilégio especial, Arsène Lupin encomendava no restaurante ao lado. Após deixar a bandeja na mesa, ele se retirou. Arsène se acomodou, partiu o pão, comeu dois ou três pedaços e continuou.

– Mas não se torture, caro Ganimard, não precisará ir até lá. Vou lhe revelar uma coisa que o deixará de queixo caído: o caso Cahorn está prestes a ser arquivado.

– Hein?

– Prestes a ser arquivado, repito.

– Ora, vamos, acabo de me despedir do chefe da Sûreté.

– E daí? Porventura o sr. Dudouis sabe mais do que eu sobre o que me diz respeito? Daqui a pouco chegará aos seus ouvidos que Ganimard – ou melhor, que o pseudo-Ganimard –

permaneceu em excelentes termos com o barão Cahorn, e esta é a razão principal de ele não ter contado essa parte da história para a polícia, encarregou-o da delicadíssima missão de negociar comigo uma troca, e no presente momento, mediante determinada soma, é provável que o barão tenha recuperado a posse de seus queridos bibelôs. Como contrapartida, ele retira a queixa. Logo, deixa de haver furto. Logo, o Ministério Público se verá obrigado a me deixar em paz...

Ganimard, atônito, examinou o detento.

– E como sabe de tudo isso?

– Acabo de receber a mensagem que eu esperava.

– Acaba de receber uma mensagem?

– Neste exato instante, caro amigo. Por educação, não quis ler na sua presença. Mas se me der licença...

– Não deboche de mim, Lupin.

– Queira, caro amigo, decapitar suavemente esse ovo quente. Verá com os próprios olhos que não é deboche.

Ganimard obedeceu mecanicamente, quebrando o ovo com a lâmina da faca. Um grito de surpresa lhe escapou. A casca vazia continha uma folha de papel azul. A pedido de Arsène, desdobrou-a. Era um telegrama, ou melhor, parte de um telegrama do qual haviam suprimido os dados postais. Leu:

Acordo firmado. Cem mil balas entregues. Tudo certo.

– Cem mil balas? – ele indagou.

– Cem mil francos! É pouco, mas, afinal, são tempos bicudos... E tenho despesas gerais tão pesadas! Se visse o meu orçamento... um orçamento de cidade grande!

Ganimard se levantou. Seu mau humor se dissipara. Refletiu alguns instantes, abarcando a operação inteira num relance para tentar descobrir seu ponto fraco. A seguir, num tom que refletia sua admiração irrestrita de especialista, articulou:

– Por sorte, não existem muitos como você, caso contrário teríamos que mudar de ramo.

Fazendo uma cara de modéstia, Arsène Lupin respondeu:

– Não diga isso! Estava precisando mesmo me distrair, matar o tempo... e o golpe só poderia dar certo se eu continuasse na prisão.

– Como assim?! – exclamou Ganimard. – Seu julgamento, a defesa, o interrogatório, tudo isso já não é distração suficiente?

– Não, pois resolvi não comparecer ao meu julgamento.

– Oh, oh!

Arsène Lupin insistiu, calmamente:

– Não estarei presente no meu julgamento.

– É verdade?!

– Seja franco, meu caro, acaso me vê apodrecendo na palha úmida? Você me ofende. Arsène Lupin só fica na prisão enquanto lhe apetece, nem um minuto a mais.

– Talvez tivesse sido mais prudente começar por não entrar nela – objetou, num tom irônico, o inspetor.

– Ah, o cavalheiro graceja? O cavalheiro recorda-se que teve a honra de proceder à minha detenção? Saiba, respeitável amigo, que ninguém, você ou qualquer outro, teria colocado as mãos em mim se um interesse muito mais sublime não me houvesse ocupado naquele momento crítico.

– Você me assusta.

– Uma mulher me dirigia o olhar, Ganimard, e eu a amava. Compreende o que significa ser alvo dos olhos da mulher amada? O resto me era indiferente, juro. Por isso estou aqui.

– Há bastante tempo, aliás, permita-me ressaltar.

– Em primeiro lugar, eu queria esquecer. Não se ria: a aventura tinha sido encantadora, ainda guardo sua lembrança preciosa... Depois, sou um pouco neurastênico! A vida é tão frenética nos dias de hoje! Temos que saber a hora de parar e fazer o que chamo de terapia do isolamento. Este lugar é imbatível para tratamentos nessa linha. Aqui o método da Santé é aplicado ao pé da letra.*

– Arsène Lupin – observou Ganimard –, você está rindo da minha cara.

– Ganimard – disse Lupin –, hoje é sexta-feira. Quarta-feira que vem, às quatro da tarde, irei fumar um charuto em sua casa, na rua Pergolèse.

---

* Em francês, *santé* significa também "saúde", criando aqui um trocadilho com o nome da famosa prisão. (N.T.)

– Arsène Lupin, estarei à sua espera.

Apertaram-se as mãos como dois bons amigos, que se estimam por seu justo valor, e o velho policial se dirigiu para a porta.

– Ganimard!

Este se virou.

– O que há?

– Ganimard, está esquecendo do relógio.

– Meu relógio?

– É, apareceu no meu bolso.

Devolveu-o, desculpando-se.

– Perdoe-me... um mau hábito... O fato de haverem confiscado o meu não é razão para privá-lo do seu. Ainda mais que disponho de um relógio do qual não posso me queixar e que atende plenamente às minhas necessidades.

Tirou da gaveta um cebolão de ouro, espesso e confortável, guarnecido de uma corrente pesada.

– E este, de que bolso vem? – perguntou Ganimard.

Arsène Lupin olhou as iniciais com displicência.

– J.B... Diabos, quem pode ser...? Ah, sim, lembrei; Jules Bovier, meu juiz de instrução, homem encantador...

3. A FUGA DE ARSÈNE LUPIN

TERMINADA A REFEIÇÃO, no exato momento em que Arsène Lupin puxava do bolso um belo charuto com anilha dourada, examinando-o com simpatia, a porta da cela se abriu. Ele só teve tempo de jogar o charuto na gaveta e se afastar da mesa. O carcereiro entrou, era hora do banho de sol.

– Estava à sua espera, caro amigo – exclamou Lupin, sempre de bom humor.

Eles saíram. Mal haviam desaparecido na curva do corredor, dois homens entraram na cela e efetuaram uma revista minuciosa. Um era o inspetor Dieuzy, o outro o inspetor Folenfant.

Queria-se terminar com aquilo. Não restava mais dúvida: Arsène Lupin mantinha entendimentos com o exterior e se comunicava com seus correligionários. Ainda na véspera, *Le Grand Journal* publicava estas linhas, endereçadas ao editor das páginas policiais:

Cavalheiro,
Num artigo publicado por esses dias, o senhor se exprimiu a meu respeito em termos que nada pode justificar. Alguns dias antes do início do meu julgamento, irei lhe pedir satisfação por isso.
Saudações distintas,

Arsène Lupin

A letra era efetivamente de Arsène Lupin. Logo, ele enviava cartas. Logo, recebia-as. Logo, era certo que planejava a tal fuga por ele anunciada de forma tão arrogante.

A situação tornava-se intolerável. O chefe da Sûreté, o sr. Dudouis, obedecendo ao juiz de instrução, foi pessoalmente à prisão de La Santé para transmitir ao diretor as medidas a serem tomadas. Assim que chegou, enviou dois homens à cela do detento.

Eles soltaram cada uma das pedras do piso, desmontaram a cama, fizeram tudo que é de praxe fazer em casos similares, mas, no fim, não descobriram nada. Iam suspender as buscas quando o carcereiro acorreu, recomendando:

– A gaveta… olhem na gaveta da mesa. Quando entrei, tive a impressão de que ele a fechava.

Eles olharam e Dieuzy exclamou:

– Ahá, desta vez pegamos nosso hóspede.

Folenfant deteve-o.

– Devagar, mocinho, aguardemos o inventário do chefe.

– Mas… o charuto de luxo…

– Largue o havana e avisemos o chefe.

Dois minutos depois, o sr. Dudouis esquadrinhava a gaveta. Nela, encontrou um maço de reportagens do *Argus de la Presse* relativas a Arsène Lupin, uma bolsinha de fumo, um cachimbo, a folha de um papel conhecido como casca de ovo e, por último, dois livros.

Ele verificou os títulos. Era o *Culto dos heróis*, de Carlyle, edição inglesa, e um elzevir encantador, na encadernação original, o *Manual de Epicteto*, tradução alemã publicada em Leyde em 1634. Folheando-os, constatou que todas as páginas estavam marcadas, sublinhadas, anotadas. Seriam sinais cifrados ou algumas daquelas marcas que demonstram fervor por um livro?

— Vamos investigar isso detalhadamente — disse o sr. Dudouis.

Revistou a bolsa de fumo e o cachimbo. Em seguida, pegando o já célebre charuto de anilha dourada:

— Caramba, o nosso amigo se trata muito bem — exclamou —, um Henri Clay!

Num reflexo típico do fumante, levou-o ao ouvido e o estalou. Na mesma hora deixou escapar uma exclamação. O charuto amolecera sob a pressão de seus dedos. Examinou-o mais detidamente e não demorou a discernir alguma coisa branca entre as folhas do tabaco. Delicadamente, com a ajuda de um alfinete, puxou um rolo de papel finíssimo, da espessura de um palito. Era um bilhete. Desenrolou-o e leu estas palavras, numa caligrafia miúda de mulher:

> O camburão tomou o lugar do outro. Oito dos dez estão preparados. Pressionando com o lado do pé, a placa se solta de alto a baixo. Das doze às dezesseis, diariamente, H-P aguardará. Mas onde? Resposta imediata. Fique tranquilo, sua amiga zela por você.

O sr. Dudouis refletiu um instante e concluiu:

– Está mais do que claro... o camburão... os oito compartimentos... Das doze às dezesseis, isto é, do meio-dia às quatro da tarde...

– Mas e esse H-P que vai aguardar?

– H-P, no caso, deve significar automóvel. H-P, *horsepower*, não é assim que em linguagem esportiva qualificamos a força de um motor? Um vinte e quatro H-P é um automóvel com vinte e quatro cavalos.

Levantou-se e perguntou:

– O detento estava terminando de almoçar?

– Sim.

– Considerando que ainda não leu esta mensagem, como prova o estado do charuto, é provável que tivesse acabado de recebê-la.

– De que maneira?

– Na comida, dentro do pão ou de uma batata, quem sabe?

– Impossível, nós o autorizamos a encomendar sua refeição justamente para pegá-lo em flagrante e não encontramos nada.

– Hoje à noite interceptaremos a resposta de Lupin. Por enquanto mantenha-o fora da cela. Vou encaminhar o material ao sr. juiz de instrução. Caso ele concorde comigo, mandaremos imediatamente fotografar a mensagem e, dentro de uma hora, o senhor poderá recolocar na gaveta, além desses objetos, um charuto idêntico, contendo a própria mensagem original. É imprescindível que o detento não suspeite de nada.

Não foi sem certa curiosidade que à noite o sr. Dudouis voltou a La Santé, na companhia do inspetor Dieuzy. Num canto da cela, sobre o aparelho de calefação, viam-se três pratos.

– Ele comeu?

– Sim – respondeu o diretor.

– Dieuzy, faça a gentileza de dissecar esses fios de macarrão e abrir o pão redondo... Nada?

– Nada, chefe.

O sr. Dudouis examinou os pratos, o garfo, a colher e, por fim, a faca, de tipo convencional, com a lâmina abaulada. Girou o cabo para a esquerda e para a direita. Na direita, o cabo cedeu e desatarraxou. A faca era oca e servia de estojo para uma folha de papel.

– Coitado! – reagiu. – Isso não é muito esperto para um homem como Arsène. Mas não percamos tempo. Você, Dieuzy, dê uma batida nesse restaurante.

Depois leu:

Entrego-me a você, H-P seguirá de longe, todos os dias. Irei na frente. Até breve, querida e admirável amiga.

– Finalmente – exclamou o sr. Dudouis, esfregando as mãos –, acho que o assunto está bem encaminhado. Um empurrãozinho de nossa parte e a fuga será um sucesso... pelo menos até conseguirmos fisgar os cúmplices.

– E se Arsène Lupin lhe escorregar pelos dedos? – objetou o diretor.

– Mobilizaremos quantos homens for necessário. Se, mesmo assim, ele bancar o espertinho... juro, azar o dele! Quanto ao bando, uma vez que o chefe se recusa a falar, os outros falarão.

De fato, não falava muito Arsène Lupin. O sr. Jules Bouvier, o juiz de instrução, pelejara por meses a fio, sem resultado. Os interrogatórios se limitavam a conversas sem qualquer interesse entre o juiz e o advogado, o dr. Danval, um medalhão dos tribunais, o qual, aliás, sobre o indiciado sabia tanto quanto qualquer um.

De quando em quando, por polidez, Arsène Lupin deixava escapar:

– Concordamos plenamente, sr. juiz: o assalto ao Crédit Lyonnais, o roubo da rua de Babylone, a emissão de notas falsas, o caso das companhias de seguro, a limpa nos castelos de Armesnil, Gouret, Imblevain, Groselliers, Malaquis, tudo isso é obra deste seu humilde servo.

– Poderia então me explicar...

– Desnecessário, confesso tudo em bloco, tudo e mais dez vezes o que o senhor supõe.

Entregando os pontos, o juiz suspendera aqueles interrogatórios enfadonhos. Após tomar conhecimento dos dois bilhetes interceptados, voltou à carga. E pontualmente ao meio-dia, Arsène Lupin era conduzido da prisão de La Santé à delegacia central, na viatura penitenciária, junto com certo número de detentos. Retornavam pelas três ou quatro da tarde.

Ora, uma tarde, esse retorno se desenrolou em condições incomuns. Como os outros detentos de La Santé ainda não haviam sido interrogados, resolveram antes reconduzir Arsène Lupin. Era, portanto, o único ocupante da viatura.

Essas viaturas penitenciárias, vulgarmente conhecidas como "cestas de legumes", são divididas, ao comprido, por um estreito corredor central, para o qual dão dez compartimentos: cinco à direita e cinco à esquerda. Todos eles são configurados de maneira a obrigar seu ocupante a permanecer sentado, e cada grupo de cinco prisioneiros, além de não dispor senão de um espaço exíguo, tem seus membros separados uns dos outros por divisórias paralelas. Um guarda municipal, posicionado numa das extremidades, vigia o corredor.

Arsène foi introduzido na terceira cela da direita, e a pesada viatura arrancou. Ele percebeu que deixavam o Quai de l'Horloge e passavam em frente ao Palácio de Justiça. Então, mais ou menos no meio da ponte Saint-Michel, ele pressionou com o pé direito, assim como fazia todas as vezes, a chapa metálica que vedava a cela. Imediatamente alguma coisa desencaixou-se e a chapa se abriu imperceptivelmente. Ele constatou que se encontrava exatamente entre duas rodas.

Esperou, concentrado. O coche atravessou a passo o bulevar Saint-Michel. No cruzamento com Saint-Germain, parou. O cavalo de um caminhão perdera os sentidos. Com o trânsito bloqueado, logo se formou um engarrafamento de fiacres e ônibus.

Arsène Lupin deu uma espiada lá fora. Outra viatura penitenciária estacionava ao lado da sua. Ele esticou mais o corpo. Apoiou o pé num dos raios da roda maior e saltou para o chão.

Um cocheiro o viu, caiu na gargalhada, depois quis avisar. Sua voz, porém, se perdeu em meio ao estrépito dos veículos, que se moviam novamente. Mesmo que o aviso tivesse chegado, Arsène Lupin já estava longe.

Dera alguns passos, correndo, mas, na calçada da esquerda, voltou-se e, lançando um olhar circular, pareceu farejar o vento, como alguém que ainda não sabe direito qual direção tomar. Em seguida, decidido, enfiou as mãos nos bolsos e, com o ar despreocupado de um pedestre sem compromisso, continuou a seguir pelo bulevar.

O clima estava ameno, fazia um tempo feliz e leve de outono. Os cafés estavam lotados. Sentou-se na varanda de um deles.

Pediu um chope e um maço de cigarros. Esvaziou a caneca em pequenos goles, fumou calmamente um cigarro, acendeu um segundo. Por fim, levantando-se, pediu ao garçom que chamasse o gerente.

O gerente chegou e Arsène Lupin lhe disse em tom bem alto para que todos o escutassem:

– Sinto muito, senhor; esqueci minha carteira. Talvez meu nome lhe diga alguma coisa e o senhor me conceda um fiado de curto prazo: Arsène Lupin.

O gerente o encarou, imaginando um trote. Mas Arsène repetiu:

– Lupin, detido na Santé, atualmente na clandestinidade. Ouso crer que este nome lhe inspira total confiança.

E afastou-se em meio a risadas, sem que o outro cogitasse reclamar.

Atravessou a rua Soufflot na diagonal e entrou na rua Saint-Jacques. Percorreu-a tranquilamente, parando nas vitrines e fumando. No bulevar de Port-Royal, orientou-se, pediu uma informação e caminhou em linha reta na direção da rua de La Santé. Os muros altos e sem graça do presídio logo despontaram. Contornando-os, aproximou-se do guarda municipal que estava de plantão e, tirando o chapéu, indagou:

– Aqui é realmente a prisão de La Santé?

– Sim.

– Eu gostaria de retornar à minha cela. A viatura me deixou na mão e não pretendo abusar...

O agente grunhiu:

– Ei, rapaz, siga o seu caminho, e acelerado!

– Peço desculpas, mas meu caminho passa por esse portão. E impedir Arsène Lupin de transpô-lo pode lhe sair caro, amigo!

– Arsène Lupin! O que você está dizendo?

– Lamento não ter meus documentos – disse Lupin, fingindo revistar seus bolsos.

O guarda considerou-o dos pés à cabeça, estupefato. Em seguida, sem uma palavra, quase involuntariamente, acionou um mecanismo. O portão de ferro se entreabriu.

Minutos depois, o diretor irrompia na secretaria, gesticulando e afetando estar possesso. Arsène sorriu:

– Ora, sr. diretor, não me venha com essa. Que ingenuidade! Tomam a precaução de me transportar sozinho na viatura, forjam um acidentezinho e imaginam que vou dar o fora para encontrar meus amigos! Está bem! E os vinte agentes da Sûreté que nos escoltavam a pé, de fiacre e de bicicleta? Sério, acharam que seria tão fácil?! Eu não teria saído vivo dali. Seja franco, sr. diretor, não era com isso que contavam?

Deu de ombros e acrescentou:

– Peço-lhe encarecidamente que não se preocupe comigo, sr. diretor. O dia em que eu cismar de fugir, não vou precisar de ninguém.

Dois dias depois, o *Echo de France*, que afinal tornara-se o porta-voz oficial das façanhas de Arsène Lupin – ele era apontado como um dos principais acionistas –, publicava detalhes mais completos sobre aquela tentativa de fuga. Trazia o texto dos bilhetes trocados entre o detento e sua misteriosa amiga, os meios empregados para essa correspondência, a cumplicidade da polícia, o passeio no bulevar Saint-Michel, o incidente do café

Soufflot, tudo era revelado. Ficava-se sabendo que as diligências do inspetor Dieuzy junto aos garçons do restaurante não haviam dado em nada. Por fim, tomava-se conhecimento de uma coisa estarrecedora, evidência dos infinitos recursos de que esse homem dispunha: a viatura penitenciária que o havia transportado era um veículo totalmente adulterado, que seu bando usara para substituir um dos seis coches regulares na frota das prisões.

A fuga iminente de Arsène Lupin não constituía mais dúvida para ninguém. Ele mesmo, aliás, anunciava-a em termos categóricos, como comprovou sua resposta ao sr. Bouvier, no dia seguinte ao episódio. Tendo o juiz zombado de seu fracasso, ele o encarou e rebateu friamente:

– Tome nota, senhor, dou-lhe minha palavra de que essa tentativa de fuga fazia parte do meu plano de fuga.

– Não compreendo – riu o juiz.

– Inútil compreender.

E como, ao longo desse interrogatório, publicado na íntegra nas colunas do *Echo de France*, o juiz recapitulava o inquérito, ele exclamou, enfastiado:

– Meu Deus, meu Deus, para que tudo isso?! Nenhuma dessas perguntas tem a mínima importância.

– Como assim, não tem a mínima importância?

– Não tem, uma vez que não estarei presente no meu julgamento.

– Não estará presente...

– Não, é uma ideia fixa, uma decisão irrevogável. Nada me fará voltar atrás.

Tal convicção e os inexplicáveis vazamentos que ocorriam diariamente irritavam e desconcertavam a justiça. Revelavam segredos que Arsène Lupin era o único a conhecer, e cuja divulgação, por conseguinte, não podia ter outra origem senão ele mesmo. Mas com que objetivo os revelava? E como?

Arsène Lupin foi transferido de cela. Uma noite, desceram-no para o andar inferior. De sua parte, o juiz concluiu seu parecer e remeteu o caso à promotoria.

Houve um período morto, que durou dois meses. Arsène passou-os deitado na cama, o rosto quase sempre voltado para a parede. Aquela mudança de cela parecia tê-lo abatido. Recusou-se a receber seu advogado. Mal trocava uma palavra com seus carcereiros.

Nos quinze dias que antecederam o julgamento, pareceu recuperar o ânimo. Queixou-se de falta de ar. Autorizaram-no a sair para o pátio, pela manhã, bem cedo, escoltado por dois homens.

A curiosidade popular, no entanto, não diminuíra. Esperavam diariamente a notícia de sua fuga. Quase a desejavam, de tal forma o personagem agradava à massa, com sua verve, alegria, versatilidade, gênio inventivo e vida misteriosa. Arsène Lupin iria fugir. Era inevitável, fatal. Julgavam inclusive estranha aquela demora. Todas as manhãs, o chefe da polícia perguntava ao secretário:

– E então, ele ainda não foi?

– Não, chefe.

– Então ficou para amanhã.

Na véspera do julgamento, um cavalheiro apresentou-se na redação do *Grand Journal*, pediu para falar com o editor das páginas policiais, atirou-lhe seu cartão na cara e se afastou rapidamente. No cartão, liam-se estas palavras: "Arsène Lupin sempre cumpre suas promessas."

Foi nessas circunstâncias que se deu a abertura dos debates.

O público acorreu em massa. Quem não queria ver o famoso Arsène Lupin, quem não saboreava antecipadamente o baile que ele daria no juiz? Advogados e magistrados, cronistas e celebridades, artistas e mulheres mundanas, toda Paris espremia-se nos bancos do tribunal.

Chovia, fazia um dia escuro do lado de fora, Arsène Lupin passou praticamente despercebido quando foi introduzido pelos guardas. Contudo, seus gestos pesados, a maneira como ele se deixou cair no assento, sua imobilidade indiferente e passiva não depuseram a seu favor. Seu advogado – um dos auxiliares do dr. Danval, este tendo julgado indigno de sua pessoa o papel a que era relegado – mais de uma vez lhe dirigiu a palavra. Ele balançava a cabeça e se calava.

O escrivão leu a acusação e o juiz se pronunciou:

– Réu, levante-se. Sobrenome, prenome, idade e profissão?

Não recebendo resposta, repetiu:

– Seu sobrenome? Estou lhe perguntando seu sobrenome.

Uma voz grossa e cansada articulou:

– Baudru, Désiré.

Murmúrios na sala. O juiz foi em frente:

– Baudru, Désiré? Ah, sim, uma nova encarnação! Como é, se não me engano, o oitavo nome que reivindica, o qual sem dúvida é tão fantasioso quanto os outros, ficaremos, caso não se oponha, com o de Arsène Lupin, sob o qual é mais amplamente conhecido.

O juiz consultou suas anotações e prosseguiu:

– Pois, apesar de todas as buscas, foi impossível reconstituir sua identidade. O senhor representa um caso singularíssimo em nossa sociedade, não tem passado. Não sabemos quem é, de onde vem, onde transcorreu sua infância, em suma, nada. O senhor aparece de repente, há três anos, não sabemos ao certo sua procedência, e de repente revela ser Arsène Lupin, isto é, um composto bizarro de inteligência e perversão, de imoralidade e generosidade. Os dados que possuímos sobre o senhor antes dessa época não passam de suposições. É provável que um certo Rostat, que trabalhou, há oito anos, ao lado do ilusionista Dickson, não fosse outro senão Arsène Lupin. É provável que o estudante russo que, seis anos atrás, estagiou no laboratório do dr. Altier, no hospital Saint-Louis, e que não se cansava de surpreender o mestre com a engenhosidade de suas hipóteses no domínio da bacteriologia e com a ousadia de seus experimentos no âmbito das doenças de pele, não seja outro senão Arsène Lupin. Arsène Lupin, igualmente, o professor de luta japonesa que se estabeleceu em Paris muito antes de se falar em jiu-jítsu. Arsène Lupin, cremos, o ciclista que ganhou o Grande Prêmio da Exposição, faturou os dez mil francos do prêmio e sumiu do mapa. Arsène Lupin, talvez, também aquele que salvou diversas pessoas pela pequena claraboia do Bazar de Caridade... e as depenou.

Após uma pausa, o juiz concluiu:

— Assim transcorreu esse período, que parece não ter passado de uma meticulosa preparação para a luta que o senhor veio a empreender contra a sociedade, um aprendizado metódico, que o fez alcançar o ápice de sua força, energia e destreza. Reconhece a exatidão dos fatos?

Durante esse discurso, o réu balançara-se de uma perna para a outra, curvado, braços inertes. Quando a luz batia nele, era possível ver sua extrema magreza, suas faces cavadas, suas maçãs do rosto estranhamente salientes, seu rosto terroso, salpicado de manchas vermelhas e emoldurado por uma barba desigual e rala. A prisão o deixara consideravelmente mais velho e sem viço. Não se reconhecia mais a silhueta elegante nem o jovem semblante cujo retrato simpático era tão assíduo nos jornais.

Era como se ele não houvesse escutado a pergunta que lhe faziam. Repetiram-na duas vezes. Ele então ergueu os olhos, parecendo refletir e, num esforço violento, murmurou:

– Baudru, Désiré.

O juiz achou aquilo engraçado.

– Não percebo exatamente o sistema de defesa que adotou, Arsène Lupin. Se é fazer-se de imbecil e irresponsável, fique à vontade. De minha parte, irei direto ao ponto sem me preocupar com seus caprichos.

E passou a enumerar os furtos, extorsões e falsificações atribuídos a Lupin. Às vezes interrogava o réu. Este emitia um grunhido ou não respondia.

O desfile das testemunhas teve início. Ouviram-se alguns depoimentos irrelevantes, outros mais sérios, todos eles partilhando a característica de se contradizerem mutuamente. Uma sombra perturbadora envolvia os debates, quando o inspetor-chefe Ganimard foi introduzido, despertando o interesse.

No começo, todavia, o velho policial causou certa decepção. Não parecia intimidado – aquela situação não era novidade para ele –, mas inquieto, incomodado. Por várias vezes, encarou o réu com um mal-estar visível. Mesmo assim, com as duas mãos na barra, contava os incidentes em que estivera envolvido, a perseguição pela Europa, a chegada aos Estados Unidos. Escutavam-no com avidez, como quem escuta o relato de aventuras eletrizantes. Contudo, perto do fim, após referir-se às suas entrevistas com Lupin, parou por duas vezes, absorto, indeciso.

Estava claro que outro pensamento o atormentava. O juiz sugeriu:

– Se está passando mal, melhor suspendermos o depoimento.

– Não, não, apenas...

Calou-se, fitou o réu com vagar, longamente, depois disse:

– Peço autorização para examinar o réu mais de perto, preciso tirar a limpo uma dúvida.

Aproximou-se, examinou-o ainda mais detidamente, concentrando toda a sua atenção, em seguida voltou à barra. Ali, num tom um pouco solene, declarou:

– Sr. juiz, afirmo que o homem que se encontra diante de mim não é Arsène Lupin.

Um grande silêncio acolheu aquelas palavras. O juiz, atônito, exclamou:

– O que está dizendo?! O senhor deve estar louco!

O inspetor declarou calmamente:

– À primeira vista, podemos nos deixar enganar por certa semelhança, que, com efeito, existe, admito, mas é só prestar um pouquinho de atenção. O nariz, a boca, o cabelo, a cor da pele, enfim, tudo: não é Arsène Lupin. E os olhos então! Ele nunca teve esses olhos de alcoólatra!

– Vamos, vamos, explique-se. Aonde quer chegar, testemunha?

– Não faço ideia! Ele deve ter trocado de lugar com um pobre-diabo que iam condenar. A não ser que seja um cúmplice.

Gritos, risadas e exclamações partiam de todos os lados da sala, sacudida por aquele rasgo teatral inesperado. O juiz mandou chamar o encarregado da instrução, o diretor de La Santé, os carcereiros, e suspendeu a sessão.

Quando ela foi retomada, o sr. Bouvier e o diretor, postos em presença do réu, declararam não haver entre Arsène Lupin e aquele homem senão uma vaguíssima similitude de feições.

– Mas então – exclamou o juiz –, quem é esse homem? De onde vem? Como se encontra nas mãos da justiça?

Introduziram os dois carcereiros da Santé. Contradição espantosa, reconheceram o detento que vigiavam alternadamente.

O juiz respirou.

Mas um dos carcereiros prosseguiu:

– É, acho que é ele mesmo.

– Como assim, acha?

– Ora, eu mal o vi. Ele só veio parar nas minhas mãos ontem à noite, faz dois meses que vive deitado virado para a parede.

– Mas e antes desses dois meses?

– Ah! Antes ele não ocupava a cela 24.

O diretor da prisão esclareceu este ponto:

– Mudamos o detento de cela depois de sua tentativa de fuga.

– Mas, sr. diretor, o senhor o viu nesses últimos dois meses?

– Não houve necessidade… ele estava tranquilo.

– E esse homem não é o detento que lhe foi entregue?

– Não.

– Então quem é?

– Eu não saberia dizer.

– Vemo-nos portanto na presença de uma substituição que teria se efetuado dois meses atrás. Como explica isso?

– Impossível.

– Então?

Em desespero de causa, o juiz se voltou para o acusado, com uma voz aliciante:

– Vejamos, réu, o senhor poderia me explicar por que e desde quando está nas mãos da justiça?

O tom benevolente deve ter ou desarmado a desconfiança do homem ou estimulado seu entendimento. Ele tentou responder. Por fim, hábil e mansamente interrogado, conseguiu juntar algumas frases, das quais destacava-se o seguinte: dois meses antes, ele fora conduzido à delegacia central, onde passara uma noite e uma manhã. Dono de uma soma de setenta e cinco centavos, fora solto. Porém, quando atravessava o pátio, dois guardas o pegaram pelo braço e o escoltaram até uma viatura penitenciária. Desde então, ele vivia na cela 24, não infeliz de todo... lá se come bem... não se dorme mal... Logo, ele não protestara...

Tudo isso parecia verossímil. Em meio a risadas e a um grande alvoroço, o juiz adiou o caso para outra sessão para averiguações suplementares.

O inquérito não demorou a estabelecer o seguinte fato, consignado no livro de ocorrências: oito semanas antes, um certo Désiré Baudru passara a noite na delegacia central. Liberado no dia seguinte, deixou o local às duas da tarde. Ora, nesse dia, às duas da tarde, interrogado pela última vez, Arsène Lupin saía da instrução e retornava na viatura penitenciária.

Teriam os carcereiros cometido um erro? Enganados pela semelhança, teriam eles mesmos, durante um minuto de desatenção, substituído o prisioneiro por aquele homem? Para explicar a troca, teria sido mesmo necessário um imenso descuido, inadmissível em suas funções.

A substituição fora combinada com antecedência? Além de as distâncias de um lugar a outro tornarem a coisa quase irrealizável, nesse caso seria indispensável que Baudru fosse um cúmplice e se tivesse deixado prender com o objetivo específico de ocupar o lugar de Arsène Lupin. Mas então que milagre fizera com que aquele plano, fundamentado unicamente numa série de acasos inverossímeis, encontros fortuitos e enganos fabulosos, pudesse triunfar?

Encaminharam Désiré Baudru ao serviço antropométrico: nenhuma ficha batia com sua descrição. Isso não impediu que seu itinerário fosse reconstituído com facilidade. Era conhecido em Courbevoie, Asnières, Levallois. Vivia de esmolas e dormia num daqueles casebres de catadores de lixo que proliferam junto ao posto fiscal de Ternes. Havia um ano, contudo, estava desaparecido.

Teria sido contratado por Arsène Lupin? Nada autorizava tal suposição. E quando ela se tornou plausível, tampouco se soube mais sobre a fuga do prisioneiro. O prodígio permanecia intacto. Das vinte hipóteses que tentavam explicá-lo, nenhuma era satisfatória. Só a fuga não constituía dúvida, uma fuga incompreensível e impressionante, na qual o público, assim como a justiça, intuía o esforço de uma longa preparação, um conjunto de atos maravilhosamente concatenados, cujo desenlace justificava a impertinente premonição de Arsène Lupin: "Não estarei presente no meu julgamento."

Ao cabo de um mês de minuciosas buscas, o enigma se apresentava com o mesmo e indecifrável caráter. Não se podia, contudo, estender indefinidamente a custódia de Baudru. Indiciá-lo seria ridículo: que acusações havia contra ele? Sua soltura foi assinada pelo juiz de instrução. Por via das dúvidas, o chefe da Sûreté ordenou que o vigiassem de perto.

A ideia fora de Ganimard. Para ele, não havia nem cumplicidade nem acaso: Baudru era um instrumento que Lupin manipulara com extraordinária habilidade. Livre Baudru, por seu intermédio remontariam a Arsène Lupin ou, pelo menos, a alguém de seu bando.

Os inspetores Folenfant e Dieuzy juntaram-se a Ganimard e, certa manhã brumosa de janeiro, as portas da prisão se abriram para Désiré Baudru.

Este, um pouco zonzo no início, saiu andando como quem não sabe o que fazer da vida. Seguiu pela rua de La Santé e a rua Saint-Jacques. Ao passar por um brechó, tirou o paletó e o colete, vendeu o colete por alguns cêntimos e, recolocando o paletó, seguiu adiante.

Atravessou o Sena. No Châtelet, um ônibus passou por ele. Quis subir. Não havia lugar. Um fiscal aconselhou-o a comprar antecipadamente a passagem, após o que se dirigiu a uma sala de espera.

Nesse momento, Ganimard chamou um de seus homens para junto de si e, sem despregar os olhos do guichê, disse-lhe apressadamente:

– Parem um carro... não, dois, é mais prudente. Irei com um de vocês e o seguiremos.

Os homens obedeceram. Baudru, no entanto, não aparecia. Ganimard avançou: não havia ninguém na sala.

– Que idiota eu sou – murmurou –, me esqueci da outra saída.

Com efeito, por um corredor interno, o recinto se comunicava com seu equivalente da rua Saint-Martin. Ganimard apressou-se. Chegou a tempo de avistar Baudru no segundo andar do ônibus Batignolles-Jardin des Plantes que virava na esquina da rua de Rivoli. Correu e alcançou o ônibus. Mas perdera seus dois agentes. Era o único a continuar a perseguição.

Furioso, esteve a ponto de agarrá-lo pela lapela sem maiores formalidades. Não fora premeditadamente e com engenhosa astúcia que o suposto imbecil o separara de seus auxiliares?

Observou Baudru. Cochilava na banqueta, balançando a cabeça feito um pêndulo. A boca entreaberta só fazia acentuar seu ar incrivelmente estúpido. Não, aquele não era adversário capaz de passar a perna no velho Ganimard. O acaso jogara a seu favor, só isso.

No cruzamento das Galerias Lafayette o homem saltou do ônibus e tomou o bonde para La Muette. Seguiram pelo bulevar Haussmann e a avenida Victor-Hugo. Baudru só desceu no terminal de La Muette. Com um passo displicente, entrou no Bois de Boulogne.

Ia de uma aleia a outra, voltava sobre seus passos, se afastava. O que procurava? Tinha um objetivo?

Depois de uma hora nesse carrossel, parecia esgotado. Com efeito, avistando um banco, sentou-se. O local, situado não longe de Auteuil, à beira de um pequeno lago escondido entre as árvores, estava absolutamente deserto. Meia hora mais tarde, Ganimard, impaciente, resolveu estabelecer contato.

Aproximou-se então e sentou-se ao lado de Baudru. Acendeu um cigarro, desenhou círculos na areia com a ponta da bengala e arriscou:

– Até que não está calor.

Nenhuma resposta. E, subitamente, quebrando esse silêncio, irrompeu uma risada, mas uma risada alegre, feliz, o riso franco de uma criança que não pôde evitar a gargalhada. Nitidamente, literalmente, Ganimard sentiu seus cabelos se eriçarem sobre o couro protuberante de seu crânio. Aquela risada, aquela risada infernal que ele conhecia tão bem...!

Com um gesto brusco, agarrou o homem pela lapela do paletó e o observou, profunda e violentamente, melhor ainda do que observara no tribunal, e na verdade não foi mais o homem que viu. Era o homem, mas era ao mesmo tempo o outro, o verdadeiro.

Ajudado por uma vontade cúmplice, redescobria o olhar vivo e ardente, completava a máscara emagrecida, percebia a carne real sob a epiderme estragada, a boca real através do ríctus que a deformava. E surgiam os olhos do outro, a boca do outro, sobretudo sua expressão aguda, intensa, gozadora, inteligente, tão clara e tão jovem!

– Arsène Lupin... Arsène Lupin... – balbuciou.

Num acesso de raiva, tentou esganá-lo e derrubá-lo. Apesar dos seus cinquenta anos, era ainda de um vigor incomum, ao passo que seu adversário aparentava extrema fraqueza. E depois, que golpe de mestre se conseguisse subjugá-lo!

A luta foi curta. Arsène Lupin mal se defendeu, e, tão prontamente quanto o atacara, Ganimard o soltou. Seu braço pendeu, inerte, anestesiado.

– Se ensinassem jiu-jítsu no Quai des Orfèvres – disse Lupin –, você saberia que esse golpe se chama *udi-shi-ghi* em japonês.

Com frieza, acrescentou:

– Mais um segundo, eu lhe quebrava o braço e você teria tido o que merece. Como você, velho e estimado amigo, a quem revelo espontaneamente meu disfarce, ousa abusar da minha confiança?! Que feio... Afinal, o que há com você?

Ganimard se calava. Via aquela fuga, pela qual se julgava responsável – não fora ele, com seu depoimento bombástico, que induzira a justiça em erro? –, como a grande mancha de sua carreira. Uma lágrima rolou em direção a seu bigode grisalho.

– Oh, não se torture, Ganimard, se você não tivesse falado, eu teria me arranjado para que outro falasse. Pense bem, eu podia aceitar que condenassem Désiré Baudru?

– Então – murmurou Ganimard –, era você que estava lá? E é você que está aqui!

– Eu, sempre eu, unicamente eu.

– Isso é possível?

– Oh, não precisa ser um feiticeiro. Basta, como disse aquele ilustre juiz, treinar dez anos e estar preparado para todas as eventualidades.

– Mas e seu rosto? Seus olhos?

– Você há de compreender que, se trabalhei dezoito meses em Saint-Louis com o dr. Altier, não foi por amor à arte. Pensei que aquele que um dia tivesse a honra de se chamar Arsène Lupin deveria se subtrair às leis ordinárias da aparência e da identidade. A aparência? Ora, pode ser modificada a nosso bel-prazer. Determinada injeção hipodérmica de parafina incha nossa pele exatamente no ponto escolhido. O ácido pirogálico nos transforma em moicanos. O suco da grande quelidônia nos enfeita com dermatites e tumores de efeito certeiro. Determinado procedimento químico atua sobre o crescimento da barba e do cabelo, outro, sobre o som de nossa voz. Junte a isso dois meses de dieta na cela 24, exercícios mil vezes repetidos para abrir a boca conforme este ríctus, para manter a cabeça conforme esta inclinação e a coluna conforme esta curva. Finalmente, cinco gotas de atropina nos olhos para deixá-los esbugalhados e fugidios, e o golpe está dado.

– Não concebo como os carcereiros...

– A metamorfose foi progressiva. Não tinham como notar a evolução cotidiana.

– Mas e Désiré Baudru?

– Baudru existe. É um simplório que conheci ano passado e que de fato não deixa de apresentar certa analogia fisionômica comigo. Prevendo uma detenção sempre possível, coloquei-o em segurança e, desde o primeiro contato, me empenhei em discernir os pontos de dessemelhança que nos separavam, a fim de atenuá-los em mim o máximo possível. Meus amigos providenciaram para que ele passasse uma noite na delegacia central e saísse de lá aproximadamente à mesma hora que eu, de modo que a coincidência fosse fácil de constatar. Pois, note bem, era fundamental que encontrassem o rastro de sua passagem, sem o que a justiça teria se perguntado quem eu era.

Contudo, oferecendo-lhe de bandeja o excelente Baudru, era inevitável, ouça bem, inevitável que ela se precipitasse sobre ele e, apesar das dificuldades insuperáveis de uma troca, preferisse crer na troca em vez de confessar ignorância.

– Sim, sim, tem razão – murmurou Ganimard.

– Como se não bastasse – exclamou Arsène Lupin –, eu tinha um trunfo terrível nas mãos, uma carta que eu guardava na manga desde o início: a expectativa generalizada pela minha fuga. Este sim, o erro grosseiro que todos cometeram, você e os demais, nessa contenda eletrizante que eu e a justiça disputamos e cujo troféu era minha liberdade: mais uma vez vocês supuseram que eu agia como um fanfarrão, que eu estava inebriado pelos meus sucessos feito um patinho inexperiente. Eu, Arsène Lupin, uma fraqueza dessas! Tal qual no caso Cahorn, não lhes passou pela cabeça: "Se Arsène Lupin sobe nos telhados e grita que vai fugir, é porque tem razões que o levam a agir assim." Ora, caramba, compreenda então que, para eu fugir... sem fugir, era preciso que acreditassem antecipadamente nessa fuga, que ela fosse um objeto de fé, uma convicção absoluta, uma verdade ofuscante como o sol. E assim foi, por vontade minha. Arsène Lupin fugiria, Arsène Lupin não estaria presente em seu julgamento. E quando você se levantou para proclamar "Este homem não é Arsène Lupin", muito me espantaria se todo mundo não acreditasse imediatamente que eu não era Arsène Lupin. Se uma única pessoa desconfiasse, se uma única emitisse esta simples restrição, "E se este for Arsène Lupin?", eu estava perdido no mesmo instante. Bastava que me examinassem, não com a ideia de que eu não era Arsène Lupin, como você fez, você e os outros, mas com a ideia de que eu podia ser Arsène Lupin, e, a despeito de todas as minhas precauções, eu seria reconhecido. Tanto lógica como psicologicamente, ninguém podia ter essa ideia brilhante.

Ele pegou de repente a mão de Ganimard.

– Ora, Ganimard, confesse que uma semana após nossa conversa na Santé, você me esperou, às quatro horas, na sua casa, como eu lhe pedira que fizesse.

– E sua viatura penitenciária? – perguntou Ganimard, evitando responder.

– Blefe! Foram meus amigos que maquiaram e substituíram aquele velho carro desativado e quiseram arriscar o golpe. Eu, contudo, o sabia impraticável sem a ajuda de circunstâncias excepcionais. Apenas julguei útil, por outro lado, executar essa tentativa de fuga e dar-lhe publicidade. Uma primeira fuga audaciosamente tramada conferia à segunda o valor de uma fuga consumada previamente.

– De maneira que o charuto...

– Escavado por mim, assim como a faca.

– E os bilhetes?

– Escritos por mim.

– E a misteriosa correspondente?

– Ela e eu somos a mesma pessoa. Tenho todas as caligrafias a meu dispor.

Ganimard refletiu um instante e objetou:

– Como explicar que, ao pegarem a ficha de Baudru no arquivo antropométrico, não tenham percebido que ela coincidia com a de Arsène Lupin?

– Não existe ficha de Arsène Lupin.

– Deve estar brincando!

– Ou então é falsa. Esta foi uma questão que estudei muito. O sistema Bertillon comporta primeiramente a descrição visual – e você vê que ela não é infalível – e depois a descrição mensurativa, medidas da cabeça, dedos, orelhas etc. Quanto a isso, nada a fazer.

– E então?

– Então foi necessário pagar. Antes mesmo de voltar dos Estados Unidos, molhei a mão de um dos funcionários do arquivo para inscrever uma medida falsa no início de minha descrição. Isso é o suficiente para embaralhar o sistema inteiro e fazer uma ficha apontar para uma casa diametralmente oposta à casa aonde deveria chegar. A ficha Baudru não podia, portanto, coincidir com a ficha Arsène Lupin.

Após outra pausa, Ganimard perguntou:

– E agora, o que vai fazer?

– Agora vou descansar, entrar num regime de superalimentação e pouco a pouco voltar a ser eu. Tudo bem ser Baudru ou outro qualquer, mudar de personalidade como de camisa e escolher sua aparência, voz, olhar, caligrafia. Mas quando deixamos de nos reconhecer em todos esses pontos, é absolutamente desagradável. No momento, sinto o que devia sentir o homem que perdeu a própria sombra. Vou me procurar... e me encontrar.

Ele andou de um lado para o outro. O lusco-fusco mesclava-se à luz do dia. Plantando-se diante de Ganimard, disse:

– Creio que não temos mais nada a falar, certo?

– Uma coisa – respondeu o inspetor –, eu gostaria de saber se revelará a verdade sobre sua fuga... O pateta que eu fui...

– Oh! Ninguém jamais saberá que foi Arsène Lupin quem ganhou a liberdade. Tenho todo o interesse de acumular à minha volta as trevas mais misteriosas, preservando o caráter quase milagroso dessa fuga. Portanto, nada receie, bom amigo, e adeus. Janto esta noite na cidade e só tenho tempo de trocar de roupa.

– E eu que o julgava tão ansioso por um descanso!

– Ai de mim! Há compromissos sociais a que não podemos faltar. O descanso começará amanhã.

– E aonde vai jantar, afinal?

– Na embaixada da Inglaterra.

4. O passageiro misterioso

Na véspera, eu mandara o mecânico levar meu automóvel até Rouen. Pegaria um trem para resgatá-lo e, de lá, iria dirigindo até a casa de amigos que moram nas margens do Sena.

Ora, em Paris, minutos antes da partida, sete cavalheiros invadiram meu compartimento. Cinco deles fumavam. Por mais curto que seja o trajeto no expresso, a perspectiva de efetuá-lo em tal companhia não me atraiu, ainda mais que o vagão, de modelo antigo, não possuía corredor. Peguei então meu sobretudo, meus jornais e meu guia ferroviário e me refugiei num compartimento contíguo.

Nele, havia uma dama. Ao me ver, ela esboçou um gesto de contrariedade que percebi imediatamente, e se debruçou na direção de um cavalheiro apoiado no estribo do vagão, seu marido, sem dúvida, que a acompanhara até ali. O cavalheiro me submeteu a um exame e devo ter sido aprovado, pois, sorrindo, falou baixo com a mulher, com a expressão de quem acalma uma criança amedrontada. Ela sorriu por sua vez, concedendo-me um olhar amistoso, como se de uma hora para outra constatasse que eu era um desses homens galantes com quem uma mulher pode permanecer confinada duas horas a fio, num caixote de dois metros quadrados, sem medo algum.

O marido lhe disse:

– Não me leve a mal, querida, mas tenho um compromisso urgente e não posso esperar.

Então, beijou-a afetuosamente e se foi. A mulher atirou-lhe beijinhos discretos, agitando o lenço pela janela.

Ouviu-se o som de um apito. O trem chacoalhou.

Nesse momento preciso, e apesar do protesto dos funcionários, a porta se abriu e um homem irrompeu dentro de nosso compartimento. Minha companheira, então de pé arrumando seus pertences no bagageiro, deu um grito de pavor e desabou no assento.

Não sou covarde, longe disso, mas confesso que essas irrupções de última hora são sempre desagradáveis. Parecem equívocas, pouco naturais. Isso deve querer dizer alguma coisa, ou então...

O aspecto do recém-chegado e sua atitude deveriam contudo ter atenuado a má impressão gerada por seu gesto. Sua correção, beirando a elegância, a gravata de bom gosto, luvas limpas, um rosto enérgico... Mas, espera lá, onde diabos eu vira aquele rosto? Pois não cabia dúvida, vira-o. Ao menos, para ser mais exato, ocorria-me a espécie de lembrança que nos deixa a visão repetida de um retrato cujo original nunca vimos. Ao mesmo tempo, eu percebia a inutilidade de qualquer esforço de memória, de tal forma era inconsistente e vaga a lembrança.

Ao transferir minha atenção para a dama, assustei-me ante sua palidez e suas feições conturbadas. Olhava para seu vizinho – estavam sentados do mesmo lado – com uma expressão de real pavor, e constatei que uma de suas mãos, toda trêmula, deslizava na direção de uma bolsinha de viagem pousada no assento a vinte centímetros de seus joelhos. Terminou por pegá-la e, nervosamente, puxou-a para junto de si.

Nossos olhos se encontraram e vi tamanho mal-estar e ansiedade nos seus que não tive como não perguntar:

– Está se sentindo mal, senhora…? Devo abrir a janela?

Sem me responder, ela apontou o indivíduo com um gesto receoso. Sorri como fizera seu marido, dei de ombros e, por sinais, lhe expliquei que ela não tinha nada a temer, que eu estava ali e, além do mais, aquele senhor parecia bastante inofensivo.

Nesse instante, ele se voltou para nós dois, um depois do outro, e, após nos avaliar da cabeça aos pés, afundou novamente em seu canto e não se mexeu mais.

Houve um instante de silêncio, mas a dama, como se houvesse mobilizado toda a sua energia para executar um ato desesperado, interpelou-me com uma dicção quase ininteligível:

– Sabe quem está neste trem?
– Quem?
– Ora, ele… ele… sei de fonte segura.
– Ele quem?

– Arsène Lupin.

Ela não despregava os olhos do passageiro e foi mais para ele do que para mim que pronunciou as sílabas desse nome inquietante.

Ele puxou o chapéu para o nariz. Queria disfarçar sua perturbação ou simplesmente se preparava para dormir?

Fiz a seguinte objeção:

– Arsène Lupin foi condenado ontem, à revelia, a vinte anos de trabalhos forçados. Logo, é pouco provável que, hoje, cometa a imprudência de se mostrar em público. Além disso, nesse inverno, depois da tão falada fuga da Santé, os jornais não registraram sua presença na Turquia?

– Ele está neste trem – repetiu a dama, com a intenção cada vez mais explícita de ser ouvida pelo nosso companheiro –, meu marido é vice-diretor do departamento penitenciário e foi o próprio comissário da estação quem nos avisou que procuravam Arsène Lupin.

– Nem por isso a senhora...

– Ele foi visto no saguão. Comprou uma passagem de primeira classe para Rouen.

– Seria muito fácil apanhá-lo.

– Ele desapareceu. O fiscal, na entrada das salas de espera, não o viu, mas supôs-se que houvesse ultrapassado as plataformas dos metropolitanos e embarcado no regional, que parte dez minutos depois do nosso trem.

– Nesse caso, devem tê-lo agarrado.

– E se, na última hora, ele desembarcou desse regional e veio para cá, para o nosso trem... como é provável... como é certo?

– Nesse caso, é aqui que ele será apanhado. Pois os funcionários e agentes não terão deixado de notar essa baldeação de um trem para o outro e, quando chegarmos a Rouen, irão prendê-lo com todas as honras.

– A ele, jamais! Dará um jeito de escapar de novo.

– Nesse caso, que faça uma boa viagem.

– E daqui até lá, tudo que pode aprontar?

– Por exemplo?

– Como vou saber? Podemos esperar tudo.

Ela estava agitadíssima, e, francamente, a situação bem que justificava seu grande nervosismo.

Quase involuntariamente, ousei:

– De fato, há coincidências curiosas... Mas fique tranquila. Admitindo que Arsène Lupin esteja num dos vagões, nele permanecerá, muito bem-comportado, preferindo evitar o perigo que o ameaça do que arranjar mais encrencas.

Minhas palavras não a acalmaram. De todo modo, sem dúvida temendo ser indiscreta, ela se calou.

Quanto a mim, abri meus jornais e li a transcrição do julgamento de Arsène Lupin. Como não continha nada de novo, só me interessei por alto. Além disso, eu estava cansado, não dormira direito, senti minhas pálpebras pesarem e minha cabeça cair de lado.

– Ora, o senhor não vai dormir.

A dama arrancou os jornais da minha mão e me fitou com indignação.

– Naturalmente que não – respondi –, aliás, não estou com a mínima vontade.

– Seria o cúmulo da imprudência – ela me alertou.

– O cúmulo – repeti.

Lutei energicamente, agarrando-me à paisagem e às nuvens que riscavam o céu. Tudo isso não demorou a se confundir no espaço, a imagem da dama agitada e a do cavalheiro cochilando se apagaram da minha mente e fez-se em mim o grande e profundo silêncio do sono.

Sonhos inconsistentes e banais logo o enfeitaram, uma criatura que desempenhava o papel e se dizia chamar Arsène Lupin ocupava neles certa proeminência. Evoluía no horizonte, carregava objetos valiosos nas costas, atravessava paredes e depenava castelos.

O vulto dessa criatura, que não era mais Arsène Lupin, então se delineou. Vinha em minha direção, crescia, dava um salto no vagão com incrível agilidade e caía em cima do meu peito.

Uma dor forte... um grito dilacerante. Acordei. O homem, o passageiro, com um joelho sobre o meu peito, apertava minha garganta.

Vi isso muito vagamente, pois estava com os olhos injetados de sangue. Vi também a dama contorcendo-se num canto, às voltas com uma crise nervosa. Não tentei sequer resistir. Aliás, não teria tido forças para isso: minhas têmporas zuniam, eu sufocava... estertorava... Mais um minuto... era a asfixia.

O homem deve ter percebido isso. Afrouxou a pressão. Sem se afastar, com a mão direita desenrolou uma corda na qual preparara um nó corrediço e, com um gesto seco, amarrou meus pulsos. Num instante, fui garroteado, amordaçado e imobilizado.

Ele executou essa manobra da maneira mais natural do mundo, com uma desenvoltura que revelava o conhecimento de um mestre, um profissional do roubo e do crime. Nenhuma palavra, nenhum movimento precipitado. Sangue-frio e audácia. E eu ali, no banco, enfaixado feito uma múmia, *eu, Arsène Lupin*!

Francamente, era cômico. E, apesar da gravidade das circunstâncias, eu não deixava de apreciar tudo que a situação comportava de irônico e saboroso. Arsène Lupin embrulhado como um novato! Depenado como um qualquer – pois, naturalmente, o bandido roubara minha bolsa e minha carteira! Arsène Lupin, agora vítima, ludibriado, vencido... Que aventura!

Restava a dama. Ele nem sequer lhe deu atenção, limitando-se a recolher a bolsinha caída no carpete e a dela extrair joias, carteira e bibelôs de ouro e prata que continha. A dama abriu um olho, tremeu de pavor e, como se lhe quisesse poupar todo esforço inútil, tirou os anéis e os estendeu ao homem. Ele pegou os anéis e encarou-a: ela desmaiou.

Em seguida, sempre silencioso e tranquilo, sem se preocupar mais conosco, ele voltou ao seu lugar, acendeu um cigarro e se entregou a um exame aprofundado dos tesouros que conquistara, exame que pareceu satisfazê-lo plenamente.

A essa altura, eu já não estava mais achando graça. Nem tanto por causa dos doze mil francos que ele me havia confiscado de forma indevida, prejuízo que eu só aceitava temporariamente; na verdade, esperava que aqueles doze mil francos voltassem às minhas mãos o mais breve possível, bem como os papéis importantes que minha carteira continha: planos, contabilidade, endereços, listas de correspondentes, cartas comprometedoras. Naquele instante, uma preocupação mais imediata e séria me atormentava: o que iria acontecer?

O alvoroço causado por minha passagem na Gare Saint-Lazare, como decerto se presume, não me escapara. Convidado para ir à casa de amigos que eu frequentava sob o pseudônimo de Guillaume Berlat, e para os quais minha semelhança com Arsène Lupin era motivo de piadas afetuosas, eu não pudera me maquiar à vontade e minha presença fora notada. Além disso, um homem fora visto, correndo do regional para o expresso. Quem era esse homem senão Arsène Lupin? Portanto, inevitavelmente, fatalmente, o comissário de polícia de Rouen, avisado por telegrama e acompanhado de um número respeitável de agentes, aguardaria a chegada do trem, interrogaria os passageiros suspeitos e procederia a uma revista minuciosa nos vagões.

Eu previa tudo isso e nem me preocupava, convicto de que a polícia de Rouen não seria mais perspicaz que a de Paris, franqueando-me algum jeito de passar despercebido – não me bastaria, na saída, mostrar displicentemente meu cartão de deputado, com o qual já ganhara a confiança do fiscal de Saint-Lazare? Mas como a sorte tinha virado! Eu me encontrava de mãos atadas. Impossível tentar um de meus golpes habituais. Num dos vagões, o comissário descobriria o tal Arsène Lupin, que um acaso propício lhe entregava de pés e mãos atados, dócil feito um carneirinho, empacotado e pronto para a entrega. Só teria que retirar a mercadoria, como alguém que recebe uma remessa postal a ser coletada na estação, um surrão de caça ou uma cesta de frutas e legumes.

Para evitar esse aborrecido desfecho, que podia eu fazer, espremido nas minhas ataduras?

E o expresso chispava para Rouen, única e próxima estação, queimando Vernon e Saint-Pierre.

Outro problema me intrigava, no qual eu estava menos diretamente envolvido, mas cuja solução desafiava minha curiosidade profissional. Quais eram as intenções de meu colega?

Se eu estivesse sozinho, teria tempo de desembarcar com toda a tranquilidade em Rouen. Mas e a dama? Mal a portinhola se abrisse, a senhora, tão bem-comportada e humilde naquele momento, gritaria, espernearia, chamaria por socorro!

Daí meu espanto! Por que ele não a subjugava como fizera comigo, o que lhe daria tempo de sumir do mapa antes que constatassem seu duplo delito?

Ele continuava a fumar, olhando fixamente o espaço, que uma chuva hesitante voltava a riscar com grandes linhas oblíquas. Houve um momento, no entanto, em que ele desviou o olhar, pegou meu guia ferroviário e o consultou.

A dama, por sua vez, tentava permanecer desmaiada, para não provocar o inimigo. Isso apesar dos acessos de tosse causados pela fumaça, que desmentiam seu desmaio.

Quanto a mim, com o corpo todo dormente, não me sentia nada à vontade. E pensava... maquinava...

Pont-de-l'Arche, Oissel... O trem avançava, alegre, bêbado de velocidade.

Saint-Etienne... Nesse instante o homem se levantou e deu dois passos em nossa direção, ao que a dama não titubeou em responder com um novo grito e um desmaio verdadeiro.

Qual seria o objetivo do indivíduo? Ele abaixou o vidro do nosso lado. Agora a chuva caía com raiva e seu gesto refletia contrariedade, por estar sem guarda-chuva e sem capa. Voltou os olhos para o bagageiro: viu a sombrinha da dama. Pegou-a. Pegou também o meu sobretudo e o vestiu.

Atravessávamos o Sena. Ele arregaçou a barra da calça e, curvando-se, levantou a tranca externa.

Iria pular na via férrea? Àquela velocidade, teria sido morte certa. Entramos no túnel que passa por baixo da colina de Sainte-Catherine. O homem entreabriu a portinhola e, com o pé, tateou o primeiro degrau. Que loucura! As trevas, a fumaça, o estrépito, tudo isso conferia um tom fantástico àquela temeridade. Repentinamente, porém, o trem desacelerou, com os freios Westinghouse se opondo ao esforço das rodas. Um minuto depois, o ritmo se normalizou, diminuindo mais ainda em seguida. Sem dúvida alguma, obras de manutenção eram realizadas naquela parte do túnel, as quais, de uns dias para cá talvez, exigiam a passagem mais lenta dos trens, e o homem sabia disso.

Não precisou, portanto, senão colocar o outro pé no degrau, descer para o segundo e ir embora tranquilamente, não sem ter antes abaixado a tranca e fechado a portinhola.

Mal ele desapareceu, a luz tornou a fumaça mais branca. Desembocamos num vale. Mais um túnel e estávamos em Rouen.

A dama logo voltou a si e seu primeiro cuidado foi lamentar a perda de suas joias. Eu implorava com os olhos. Ela compreendeu e me livrou da mordaça que me sufocava. Também fez menção de me desamarrar, impedi-a.

– Não, não, a polícia precisa ver o cenário intacto. Quero que ela faça uma ideia de quem é esse canalha.

– E se eu puxasse a campainha de alarme?

– Tarde demais, deveria ter pensado nisso enquanto ele me atacava.

– Ora, ele teria me matado! Ah, senhor, eu lhe disse que ele estava neste trem! Reconheci-o imediatamente, do retrato. E agora ele sumiu com as minhas joias.

– Vão encontrá-lo, não receie.

– Encontrar Arsène Lupin! Jamais.

– Isso vai depender da senhora. Preste atenção. Assim que chegarmos, vá até a portinhola e grite por socorro, faça um escândalo. Virão agentes e funcionários. Conte então, em poucas palavras, o que viu, a agressão de que fui vítima e a fuga de Arsène Lupin, forneça sua descrição, um chapéu mole, um guarda-chuva – o da senhora – e um sobretudo cinza com cinto.

– O do senhor – ela disse.

– Como assim, o meu? Absolutamente, o da senhora. Eu não trouxe o meu.

– Ao que me lembre, ele também estava sem quando embarcou.

– Sim, sim… a menos que seja uma peça de roupa que alguém esqueceu no bagageiro. Em todo caso, quando desembarcou, ele vestia um, é o que importa… um sobretudo cinza com cinto, lembre-se… Ah, ia esquecendo… diga seu sobrenome imediatamente, as funções de seu marido estimularão o zelo de toda essa gente.

Chegávamos. Ela já se debruçava na portinhola. Repeti, num tom um pouco mais alto, quase imperioso, para que minhas palavras se gravassem efetivamente em seu cérebro:

– Diga meu nome também, Guillaume Berlat. Se necessário, diga que me conhece... Isso nos fará ganhar tempo... o inquérito preliminar deve ser imediatamente aberto... fundamental é a perseguição a Arsène Lupin... suas joias... Não vai errar, pois não? Guillaume Berlat, amigo de seu marido.

– Perfeitamente... Guillaume Berlat.

Ela já gritava e gesticulava. O trem nem havia parado e um senhor já subia, seguido por vários homens. Chegara o momento crítico.

Arfante, a dama se esganiçava:

– Arsène Lupin... nos atacou... roubou minhas joias... Eu sou a sra. Renaud... meu marido é vice-diretor do departamento penitenciário... Ah, que bom, se não é justamente meu irmão, Georges Ardelles, diretor do Crédit Rouennais... o senhor deve saber...

Ela deu um beijo num rapaz que acabava de se juntar a nós, a quem o comissário cumprimentou, e continuou, chorosa:

– Sim, Arsène Lupin... enquanto o cavalheiro dormia, ele pulou no pescoço dele... O sr. Berlat, um amigo de meu marido.

O comissário perguntou:

– Onde está Arsène Lupin?

– Saltou do trem dentro do túnel, depois do Sena.

– Tem certeza de que era ele?

– Se tenho certeza! Reconheci-o perfeitamente. Aliás, nós o vimos na Gare Saint-Lazare. Usava um chapéu mole.

– Não, não... um chapéu de feltro duro, como este aqui – retificou o comissário, apontando meu chapéu.

– Um chapéu mole, insisto – repetiu a sra. Renaud –, e um sobretudo cinza com cinto.

– De fato – murmurou o comissário –, o telegrama assinalava esse sobretudo, com gola de veludo preto.

– Gola de veludo preto, justamente! – exclamou a sra. Renaud, triunfante.

Respirei. Ah, que bondosa e excelente amiga eu arranjara!

Enquanto isso, os agentes haviam me desvencilhado das amarras. Mordi os lábios com força, saiu sangue. Vergado ao meio, com o lenço na boca, como convém a um indivíduo que ficou muito tempo numa posição incômoda e que estampa no rosto a marca sangrenta da mordaça, eu disse ao comissário, com uma voz debilitada:

– Senhor, era Arsène Lupin, não resta dúvida... Se formos diligentes, o alcançaremos... Acho que lhe posso ser útil...

O vagão, interditado para o trabalho da justiça, foi desacoplado. O trem seguiu rumo ao Havre. Atravessando a multidão de curiosos que atulhava a plataforma, fomos conduzidos ao escritório do chefe de estação.

Nesse momento, tive uma hesitação. Dando um pretexto qualquer, eu poderia me afastar, pegar meu automóvel e dar o fora. Esperar era perigoso. Se houvesse algum incidente, se um telegrama chegasse de Paris, eu estava perdido.

Sim, mas e o meu ladrão? Contando apenas comigo, numa região que não conhecia direito, eram pequenas as chances de encontrá-lo.

"Bah! Arrisquemos", pensei, "e fiquemos. É uma partida difícil de ganhar, mas tão divertida de jogar! E o troféu vale a pena."

Como nos pediam que repetíssemos provisoriamente nossos depoimentos, exclamei:

– Sr. comissário, neste momento Arsène Lupin ganha terreno. Meu automóvel me aguarda no pátio. Se fizesse a gentileza de me acompanhar, tentaríamos...

O comissário, com ares de finório, sorriu:

– A ideia não é má... tanto não é, que está em vias de execução...

– Ah!

– Sim, senhor, dois agentes meus partiram de bicicleta... já faz um certo tempo.

– Mas para onde?

– Para a própria saída do túnel. Lá, eles colherão indícios, testemunhos, e seguirão a pista de Arsène Lupin.

Fiz um gesto de descrença.

– Seus dois agentes não recolherão nem indício nem testemunho.

– Realmente!

– Arsène Lupin deve ter arranjado para que ninguém o visse sair do túnel. Deve ter alcançado a primeira estrada e, de lá...

– E de lá, Rouen, onde o fisgaremos.

– Ele não irá para Rouen.

– Então ficará nos arredores, onde temos ainda mais certeza de...

– Ele não ficará nos arredores.

– Oh! Oh! E onde se esconderá então?

Puxei meu relógio.

– A essa altura, Arsène Lupin ronda a estação de Darnétal. Dez para as onze, isto é, dentro de vinte e dois minutos, pegará o trem que vai de Rouen, Gare du Nord, para Amiens.

– Acha mesmo? E como sabe disso?

– Nada mais simples. No compartimento, Arsène Lupin consultou meu guia ferroviário. Por que razão? Próximo ao local onde ele desapareceu, havia alguma outra linha, uma estação nessa linha e um trem parando nessa estação? Não. O guia acaba de me confirmar isso.

– Francamente, senhor – disse o comissário –, é uma dedução magnífica. Que competência!

Arrebatado pela minha certeza, eu cometera uma gafe ao dar provas de tanta argúcia. Ele me olhava com espanto, e julguei perceber que acariciava uma suspeita – oh, ínfima, pois as fotografias distribuídas pelo Ministério Público eram por demais imperfeitas, estampando um Arsène Lupin bastante diferente do que tinha diante de si para que lhe fosse possível reconhecer-me. Ainda assim, contudo, ficara encafifado, vagamente inquieto.

Houve um momento de silêncio. Alguma coisa de ambíguo e incerto calava nossas palavras. Eu mesmo senti um calafrio de desconforto. A sorte iria voltar-se contra mim? Controlando-me, pus-me a rir.

– Meu Deus, nada ilumina tanto as ideias como a perda de nossa carteira e o desejo de recuperá-la. Penso que, se fizesse a gentileza de me fornecer dois agentes seus, talvez pudéssemos...

– Oh, por favor, sr. comissário! – exclamou a sra. Renaud. – Escute o sr. Berlat.

A intervenção de minha excelente amiga foi decisiva. Pronunciado por ela, mulher de um personagem influente, o nome Berlat tornava-se efetivamente meu, conferindo-me uma identidade acima de qualquer suspeita. O comissário pôs-se de pé:

– Seria um imenso prazer, sr. Berlat, creia-me, vê-lo triunfar. Assim como o senhor, faço questão da captura de Arsène Lupin.

Ele me acompanhou até o automóvel. Dois agentes, que ele me apresentou como Honoré Massol e Gaston Delivet, tomaram seus lugares. Instalei-me ao volante. Meu mecânico rodou a manivela. Poucos segundos depois, deixávamos a estação. Eu estava salvo.

Ah! Seguindo pelos bulevares que circundam a velha cidade normanda, à velocidade vertiginosa do meu trinta e cinco cavalos Moreau-Lepton, confesso que eu não deixava de sentir certo orgulho. O motor roncava harmoniosamente. À direita e à esquerda, as árvores corriam para trás de nós. Livre, fora de perigo, agora só me faltava, com a ajuda de dois honestos representantes da força pública, resolver meus pequenos assuntos pessoais. Arsène Lupin no encalço de Arsène Lupin!

Delivet Gaston e Massol Honoré, humildes esteios da ordem social, quão valiosa foi sua ajuda para mim! O que eu teria feito sem vocês? Sem vocês, nos cruzamentos, quantas vezes eu teria tomado a direção errada! Sem vocês, um Arsène Lupin teria se perdido e o outro, escapado!

Mas nem tudo estava terminado. Longe disso. Ainda me faltava, primeiro, alcançar o indivíduo, depois, me apoderar pessoalmente dos papéis que ele me roubara. Em hipótese alguma meus dois ajudantes podiam fuçar aqueles documentos, muito menos se apossar deles. Usá-los e agir em paralelo, eis o que eu queria e o que não era nada fácil.

Chegamos a Darnétal três minutos após a passagem do trem. Verdade que tive o consolo de saber que um indivíduo de sobretudo cinza com cinto e gola de veludo preta embarcara num compartimento de segunda classe, munido de uma passagem para Amiens. Era inegável, minha estreia como policial prometia.

Delivet me disse:

– O trem é expresso e só para agora em Montérolier-Buchy, daqui a dezenove minutos. Se não estivermos lá antes de Arsène Lupin, ele pode continuar tanto para Amiens como para Clères, e de lá alcançar Dieppe ou Paris.

– Qual a distância até Montérolier?

– Vinte e três quilômetros.

– Vinte e três quilômetros em dezenove minutos... estaremos lá antes dele.

Que desafio apaixonante! Nunca meu fiel Moreau-Lepton respondeu à minha impaciência com maior ardor e regularidade. Parecia que eu lhe transmitia diretamente minha vontade, sem a intermediação das alavancas e manetes. Ele compartilhava meus desejos. Aprovava minha obstinação. Compreendia minha animosidade contra aquele safado do Arsène Lupin. Hipócrita! Traidor! Eu conseguiria vencê-lo? Ou ele novamente riria da autoridade, autoridade cuja encarnação era eu?

– À direita! – gritava Delivet. – À esquerda! Em frente!

Rasgávamos a estrada. As placas pareciam bichinhos medrosos, desaparecendo conforme nos aproximávamos.

De repente, numa curva da estrada, um turbilhão de fumaça, o expresso do norte.

A luta estendeu-se por um quilômetro, lado a lado, luta desigual cujo desfecho era inexorável. Vencemos com vinte corpos de diferença.

Em três segundos estávamos na plataforma, em frente à segunda classe. As portinholas se abriram. Algumas pessoas desceram. Nada do meu ladrão. Inspecionamos os compartimentos. Nem sinal de Arsène Lupin.

"Maldição!" exclamei. "Ele deve ter me reconhecido no automóvel, quando estávamos emparelhados, e saltado."

O condutor-chefe ratificou minha suposição. Vira um homem degringolando ao longo da ferrovia, a duzentos metros da estação.

– Olhem, lá... alguém atravessando a passagem de nível.

Arrojei-me, seguido por meus dois ajudantes, ou melhor, por um deles, pois o outro, Massol, revelou-se um corredor excepcional, exibindo resistência e velocidade ao mesmo tempo. Em poucos instantes, o intervalo que o separava do fugitivo diminuiu sensivelmente. O homem percebeu isso, transpôs uma cerca e desabalou na direção de um morro, subindo-o. Quando vimos, estava ainda mais longe: entrando num pequeno bosque.

Ao chegarmos lá, Massol já nos esperava. Julgara inútil aventurar-se mais, receando perder-se de nós.

– Você está de parabéns, caro amigo – eu lhe disse. – Depois dessa prova de velocidade, nosso meliante deve estar com a língua de fora. Está no papo.

Examinei os arredores, pensando num jeito de efetuar sozinho a captura do fugitivo, a fim de obter por conta própria as reintegrações de posse que a justiça só teria tolerado após inúmeros e desagradáveis inquéritos. Em seguida, voltei para junto de meus companheiros.

– É agora! Vai ser fácil. Você, Massol, posicione-se à esquerda. Você, Delivet, à direita. De seus postos, vigiem os fundos do bosque, ele não pode sair de lá sem ser detectado por vocês, a não ser por essa vala, onde montarei guarda. Se ele não sair, eu entro e, infalivelmente, afugento-o na direção de um ou de outro. Vocês, então, só precisam esperar. Ah! Ia me esquecendo: em caso de necessidade, um tiro.

Massol e Delivet afastaram-se cada um para o seu lado. Assim que desapareceram, embrenhei-me no bosque com grandes precauções, de maneira a não ser visto nem ouvido. Eram matas densas, cultivadas para a caça e cortadas por trilhas estreitas, pelas quais só era possível andar curvado, como num túnel vegetal.

Uma delas terminava numa clareira, cuja relva molhada conservava marcas de passos. Segui-as, tendo o cuidado de me esgueirar por trás dos arbustos. Elas me conduziram ao sopé de um pequeno morro, em cujo topo havia um casebre rústico, semidestruído.

– Ele deve estar ali – pensei. – É um observatório privilegiado.

Rastejei até as proximidades da construção. Um leve ruído me advertiu de sua presença e, de fato, por uma abertura, avistei-o, de costas para mim.

Com dois pulos eu estava em cima dele, que ainda tentou me apontar um revólver. Não lhe dei tempo para isso, derrubando-o de maneira a que seus dois braços ficassem imobilizados sob seu corpo, torcidos, e imprensando meu joelho contra o seu peito.

– Escute aqui, amiguinho – sussurrei-lhe –, Arsène Lupin sou eu. Você vai me devolver imediatamente, e de boa vontade, minha carteira e a bolsinha da dama... em troca, arranco-o das garras da polícia e o contrato para fazer parte dos meus amigos. Uma palavra: sim ou não?

– Sim – ele murmurou.

– Melhor assim. Seu golpe hoje de manhã foi uma belezinha. Vamos nos entender bem.

Levantei-me. Ele vasculhou o bolso, puxou uma grande faca e tentou me acertar.

– Imbecil! – exclamei.

Com uma das mãos, aparei o ataque. Com a outra, desfechei-lhe um violento gancho na artéria carótida, o conhecido "*hook* na carótida". Ele tombou, nocauteado.

Na minha carteira, estavam meus papéis e meu dinheiro. Por curiosidade, peguei a dele. Num envelope que lhe fora endereçado, li seu nome: Pierre Onfrey.

Estremeci. Pierre Onfrey, o assassino da rua Lafontaine, em Auteuil! Pierre Onfrey, que degolara a sra. Delbois e as duas filhas. Debrucei-me sobre ele. Sim, fora aquele rosto que, no trem, despertara em mim a lembrança de feições já contempladas.

Mas o tempo ia passando. Coloquei dentro de um envelope duas notas de cem francos, um cartão e estas palavras:

> De Arsène Lupin para seus bons colegas Honoré Massol e Gaston Delivet, como prova de gratidão.

Deixei-o bem à vista no meio do recinto. Ao lado, a bolsinha da sra. Renaud. Poderia não devolvê-la à excelente amiga que me socorrera?

Admito, contudo, dela haver retirado tudo que oferecia um interesse qualquer, deixando apenas um pente de tartaruga e um moedeiro vazio. Diabos! Negócio é negócio... Além do mais, convenhamos, seu marido exerce uma profissão tão pouco honrada...!

Restava o homem. Começava a se mexer. O que fazer? Eu não tinha status nem para salvá-lo nem para condená-lo.

Retirei-lhe as armas e fiz um disparo para o alto com o revólver.

"Os outros dois virão", pensei, "ele que se arrume! As coisas seguirão o caminho de seu destino."

E me afastei, correndo pela vala.

Vinte minutos mais tarde, por uma estrada transversal, que eu notara durante a perseguição, alcancei meu automóvel.

Às quatro horas, telegrafava a meus amigos de Rouen dizendo que um incidente imprevisto me obrigava a adiar a visita. Cá entre nós, muito receio, levando em conta o que já devem saber sobre mim, ver-me obrigado a adiá-la indefinidamente. Devem estar cruelmente desiludidos!

Às seis horas, estava de volta a Paris, tendo passado por Isle Adam, Enghien e a porta Bineau. Os jornais vespertinos me informaram que haviam conseguido, enfim, botar as mãos em Pierre Onfrey.

No dia seguinte – não subestimemos as vantagens de uma propaganda inteligente –, o *Echo de France* publicava esta notícia bombástica:

Ontem, nas cercanias de Buchy, após numerosos incidentes, Arsène Lupin efetuou a captura de Pierre Onfrey. O assassino da rua Lafontaine acabava de assaltar, na linha Paris-Havre, a sra. Renaud, mulher do vice-diretor do departamento penitenciário. Arsène Lupin devolveu à sra. Renaud a bolsa que continha suas joias e recompensou generosamente os dois agentes da Sûreté que o haviam ajudado ao longo dessa dramática captura.

5. O Colar da Rainha

Duas ou três vezes por ano, em solenidades importantes como os bailes da embaixada da Áustria ou as recepções de Lady Billingstone, a condessa de Dreux-Soubise adornava seu alvo pescoço com o "Colar da Rainha".

Era efetivamente o famoso e lendário colar que Bohmer e Bassenge, ourives da Coroa, destinavam à du Barry, que o cardeal de Rohan-Soubise julgou oferecer a Maria Antonieta, rainha da França, e que a aventureira Jeanne de Valois, condessa de La Motte, desmembrou em uma noite de fevereiro de 1785, com a ajuda de seu marido e do cúmplice Rétaux de Villette.

A bem da verdade, somente o engaste era autêntico. Rétaux de Villette conservara-o, enquanto o tal La Motte e sua mulher dispersaram aos quatro ventos as pedras brutalmente arrancadas, pedras admiráveis, escolhidas a dedo por Bohmer. Mais tarde, na Itália, Rétaux vendeu-o a Gaston de Dreux-Soubise, sobrinho e herdeiro do cardeal, a quem salvara da ruína na época da retumbante falência de Rohan-Guéménée e que, em memória do tio, recuperou alguns diamantes que continuavam na posse do ourives inglês Jefferys, completou-os com outros de valor bem menor, porém de igual tamanho, e conseguiu reconstituir o maravilhoso "Colar Escravatura", tal como este saíra das mãos de Bohmer e Bassenge.

Ao longo de quase um século, essa joia histórica foi o orgulho dos Dreux-Soubise. Embora circunstâncias diversas houvessem reduzido drasticamente sua fortuna, eles preferiram abaixar seu padrão de vida a se desfazer da real e preciosa relíquia. O conde atual, sobretudo, prezava-a como prezamos o lar de nossos pais. Por prudência, alugara um cofre no Crédit Lyonnais a fim de guardá-la. Retirava-a à tarde, pessoalmente, nos dias em que sua mulher desejava enfeitar-se com ela e devolvia-a, pessoalmente também, no dia seguinte.

Aquela noite, na recepção do Palácio de Castela – a aventura remonta ao início do século –, a condessa fez um sucesso tremendo, e o rei Cristiano, em cuja homenagem a festa era dada, reparou naquela beleza magnífica. As pedras cintilavam ao redor do gracioso pescoço. As mil facetas dos diamantes rebrilhavam e faiscavam como chamas na claridade das luzes. Era como se nenhuma outra mulher pudesse carregar o fardo daquele adereço com tanta desenvoltura e nobreza.

Foi um duplo triunfo, que o conde de Dreux saboreou profundamente e pelo qual se congratulou quando o casal entrou no quarto de seu velho palacete do *faubourg* Saint-Germain. Estava orgulhoso da mulher e, talvez na mesma proporção, da joia que honrara sua dinastia por quatro gerações. Já a mulher extraía disso tudo uma vaidade que, embora um pouco infantil, denotava claramente seu caráter altivo.

Não sem alguma tristeza, ela tirou o colar do pescoço e o estendeu ao marido, que o examinou com admiração, como se não o conhecesse. Em seguida, tendo-o guardado de volta em seu estojo de couro vermelho, com o brasão do cardeal, dirigiu-se a um gabinete contíguo, na verdade uma espécie de alcova, completamente isolada do quarto e cuja única entrada ficava junto à cama do casal. Como das outras vezes, escondeu-o numa prateleira bem alta, entre caixas de chapéu e pilhas de roupa de cama. Trancou a porta e se despiu.

De manhã, levantou-se por volta das nove horas, com a intenção de passar no Crédit Lyonnais antes do almoço. Vestiu-se, tomou uma xícara de café e desceu até a cocheira. Ali, deu ordens. Um dos cavalos o preocupava. Fez com que andasse e trotasse no pátio. Em seguida, voltou para junto da mulher.

Esta não deixara o quarto e se penteava, ajudada pela criada. Perguntou ao marido:

– Vai sair?

– Vou... para aquele compromisso...

– Ah! É verdade... é mais prudente...

Ele entrou no gabinete. Transcorridos alguns segundos, ainda sem o menor espanto, perguntou:

– Você o pegou, querida?

Ela replicou:

– O quê? Claro que não, não peguei nada.

– Mexeu nele.

– Em absoluto... sequer abri essa porta.

Ele apareceu à porta, desfigurado, e, com uma voz quase ininteligível, balbuciou:

– Não...? Não foi você...? Então...

Ela acorreu e, derrubando as caixas de papelão e demolindo as pilhas de roupa, os dois procuraram nervosamente. O conde repetia:

– Inútil... tudo o que estamos fazendo é inútil... Foi exatamente ali, naquela prateleira, que o coloquei.

– Você pode ter se enganado.

– Foi ali, naquela prateleira, em nenhuma outra.

Acenderam uma vela para iluminar o aposento e retiraram toda a roupa e todos os objetos que o atulhavam. Quando não havia mais nada no gabinete, foram obrigados a admitir, com desespero, que o famoso colar, o "Colar Escravatura, da Rainha", desaparecera.

Temperamento prático, a condessa, sem perder tempo com lamúrias vãs, mandou chamar o comissário, o sr. Valorbe, cujo espírito sagaz e clarividência eles já haviam tido oportunidade de apreciar. Contaram-lhe tudo nos mínimos detalhes e ele perguntou na hora:

– Tem certeza, sr. conde, de que ninguém pode ter passado pelo seu quarto durante a noite?

– Certeza absoluta. Tenho o sono levíssimo. Além de tudo, a porta deste quarto estava trancada com ferrolho. Tive que abri-la hoje de manhã, quando minha mulher chamou a empregada.

– E não existe nenhuma outra passagem que dê acesso ao gabinete?

– Nenhuma.

– Nem janela?

– Sim, mas está bloqueada.

– Eu gostaria de verificar...

Velas foram acesas e o sr. Valorbe logo observou que a janela só estava bloqueada até a metade, por um baú, o qual, além disso, não tocava exatamente nos caixilhos.

– Toca neles o suficiente – replicou o sr. de Dreux – para que seja impossível deslocá-lo sem fazer um escarcéu.

– E para onde dá essa janela?

– Para um patiozinho interno.

– E o senhor tem outro andar acima deste?

– Dois, sendo que na altura do andar dos empregados o patiozinho é protegido por uma grade de malhas finas. Daí a luz ser tão fraca.

Por sinal, quando o baú foi afastado, constatou-se que a janela estava fechada, o que não seria o caso se alguém tivesse entrado por ela pelo lado de fora.

– A menos – observou o conde – que esse alguém tivesse saído pelo nosso quarto.

– Nesse caso, o senhor não teria amanhecido com o quarto trancado.

O comissário refletiu um instante e voltou-se para a condessa:

– Seus criados tinham conhecimento, senhora, de que usaria o colar ontem à noite?

– Não escondi, evidentemente. Mas ninguém sabia que o guardávamos neste gabinete.

– Ninguém?

– Ninguém... A menos que...

– Por favor, senhora, seja precisa. Este é um ponto capital.

Ela disse ao marido:

– Eu estava pensando em Henriette.

– Henriette? Ela também ignora esse detalhe.

– Tem certeza?

– De quem se trata? – interrogou o sr. Valorbe.

– De uma amiga de convento, que se desentendeu com a família por ter se casado com uma espécie de operário. Após a morte do marido, recolhi-a com o filho e mobiliei para eles um apartamento aqui em casa.

Acrescentou, embaraçada:

– Ela me presta alguns serviços. É muito habilidosa com as mãos.

– Em que andar ela reside?

– No mesmo que o nosso, não longe daqui, aliás... no fim desse corredor... A propósito, pensando bem... a janela da cozinha dela...

– Dá para o tal patiozinho, certo?

– Sim, fica bem em frente à nossa.

Um breve silêncio se seguiu a esta declaração.

O sr. Valorbe pediu então que o levassem à presença de Henriette.

Encontraram-na costurando, enquanto seu filho, Raoul, um guri de seis ou sete anos, lia ao seu lado. Espantado com o mísero apartamento que haviam mobiliado para ela, o qual se compunha exclusivamente de um cômodo sem lareira e de uma despensa que servia de cozinha, o comissário a interrogou. Ao saber do roubo, ela pareceu transtornada. Vestira pessoalmente a condessa na noite da véspera e prendera o colar em seu pescoço.

– Santo Deus! – exclamou. – Quem imaginaria uma coisa dessas?

– E não faz nenhuma ideia? Não desconfia de nada? É possível que o criminoso tenha passado pelo seu quarto.

Sem sequer cogitar que uma suspeita pudesse lhe respingar, ela disse com total franqueza:

– Mas nem saí do quarto! Nunca saio. Não deu para perceber?

Ela abriu a janela da despensa.

– Veja, são pelo menos três metros até o parapeito do outro lado.

– Quem lhe disse que considerávamos a hipótese de um roubo efetuado por ali?

– Mas... o colar não estava no gabinete?

– Como sabe disso?

– Ora essa! Sempre soube que o guardavam ali à noite, falaram na minha frente...

Seu rosto ainda jovem, embora marcado pelo sofrimento, manifestava grande docilidade e resignação. No entanto, súbita e silenciosamente, como se algum perigo a ameaçasse, uma expressão muda de angústia tomou-lhe o semblante. Puxou o filho para junto de si. A criança pegou-lhe a mão e a beijou com ternura.

– Não suponho – disse o sr. de Dreux ao comissário, quando ficaram a sós – que suspeite dela! Respondo por ela. É a honestidade em pessoa.

– Oh! Sou totalmente da mesma opinião – afirmou o sr. Valorbe. – No máximo, pensei numa cumplicidade inconsciente. Reconheço, porém, que tal explicação deve ser abandonada, ainda mais que não resolve em nada o problema que enfrentamos.

O comissário não levou adiante essa inquirição, que o juiz de instrução retomou e completou nos dias seguintes. A criadagem foi interrogada, o estado do ferrolho, verificado, o abrir e fechar da janela do gabinete, testado, o patiozinho, explorado de ponta a ponta... Tudo inútil. O ferrolho estava intacto. A janela não podia ser aberta nem fechada pelo lado de fora.

Mais especificamente, as buscas se concentraram em Henriette, pois, apesar de tudo, os indícios continuavam a apontar para ela. Sua vida foi esquadrinhada, constatando-se que, nos últimos três anos, ela só saíra quatro vezes do palacete, as quatro para compromissos passíveis de verificação. Na realidade, ela trabalhava como aia e costureira para a sra. de Dreux, que a tratava com uma severidade atestada, confidencialmente, por todos os criados.

– Aliás – ponderava o juiz de instrução, que, ao cabo de uma semana, chegara às mesmas conclusões do comissário –, admitindo que descobríssemos o culpado, e ainda não chegamos lá, isso não nos diria muita coisa sobre a execução desse furto. Vemo-nos impedidos, à direita e à esquerda, por dois obstáculos: uma porta e uma janela fechadas. O mistério é duplo! Como foi possível alguém se introduzir e, o que era muito mais difícil, conseguir escapar, deixando atrás de si uma porta aferrolhada e uma janela fechada?

Ao fim de quatro meses de investigação, a crença íntima do juiz era que o sr. e a sra. de Dreux, passando por necessidades financeiras, tinham vendido o Colar da Rainha. Arquivou o caso.

Para os Dreux-Soubise, o furto da valiosa joia representou um golpe que deixou cicatrizes. Não tendo mais seu crédito lastreado pelo tipo de reserva que era aquele tesouro, o casal se viu diante de credores mais exigentes e emprestadores menos solícitos. Tiveram de cortar na carne, alienar, hipotecar. Em suma, teriam falido se duas vultosas heranças de parentes distantes não os houvessem salvado.

Sofreram igualmente em seu orgulho, como se tivessem perdido uma boa parte da nobreza. E, coisa curiosa, foi contra sua ex-colega de internato que a condessa se voltou. Não lhe escondia o rancor, acusava-a abertamente. A princípio transferida para o andar da criadagem, viu-se despejada de um dia para o outro.

A vida seguiu adiante, sem acontecimentos dignos de nota. Eles viajaram muito.

Dessa época, um único fato merece menção. Alguns meses após a partida de Henriette, a condessa recebeu uma carta sua que a encheu de espanto:

Senhora,
Não sei como lhe agradecer. Pois foi a senhora que me enviou isso, não foi? Só pode ter sido a senhora. Ninguém mais conhece meu refúgio nos confins desta pequena aldeia. Se eu estiver enganada, aceite minhas desculpas e receba pelo menos a expressão de minha gratidão por suas bondades passadas…

O que estaria querendo dizer com isso? As bondades da condessa para com ela, presentes ou passadas, resumiam-se a um monte de injustiças. O que significavam aqueles agradecimentos?

Intimada a se explicar, ela respondeu que recebera pelo correio, numa remessa não registrada e não carimbada, duas cédulas de mil francos. O envelope, que ela anexara à sua resposta, tinha o selo de Paris e só trazia o endereço da condessa, escrito com uma caligrafia visivelmente falsa.

De onde provinham aqueles dois mil francos? Quem os enviara? A justiça buscou informações. Mas que pista seguir, estando completamente no escuro?

O mesmo fato se repetiu doze meses depois. E uma terceira vez; e uma quarta vez; e isso todo ano, durante seis anos, com a diferença de que a soma dobrou no quinto e no sexto anos, o que permitiu a Henriette, que caíra doente, tratar-se de modo adequado.

Outra diferença: tendo a administração do correio retido uma das cartas, a pretexto de que o seguro obrigatório não fora pago, as duas últimas remessas foram enviadas de acordo com o regulamento, a primeira postada em Saint-Germain, a outra em Suresnes. O remetente assinou primeiro Anquety, depois Péchard. Os endereços fornecidos eram falsos.

Ao fim de seis anos, Henriette morreu. O enigma permanecia intacto.

Todos esses incidentes eram de conhecimento público. O assunto galvanizara a imprensa: o estranho destino do colar, que, após virar a França de ponta-cabeça no fim do século XVIII, tanta emoção ainda despertava cento e vinte anos depois. O que vou contar, entretanto, é ignorado por todos, à exceção dos principais envolvidos e de algumas poucas pessoas às quais o conde pediu sigilo absoluto. Tendo em vista que, mais dia, menos dia, elas terminarão traindo sua promessa, não sinto o menor escrúpulo em rasgar o véu. Assim, além da chave do enigma, todos entenderão o porquê da carta publicada nos jornais da manhã de anteontem, carta extraordinária que acrescentava mais sombra e mistério, se é que isso é possível, às obscuridades do drama.

Aconteceu cinco dias atrás. Entre os convidados que almoçavam na casa do sr. de Dreux-Soubise encontravam-se suas duas sobrinhas e sua prima, e, como presença masculina, o presidente do legislativo local, d'Essaville, o deputado Bochas, o *cavaliere* Floriani, que o conde conhecera na Sicília, e o general marquês de Rouzières, um velho amigo de clube.

Após a refeição, as damas serviram o café e os cavalheiros tiveram autorização para um cigarro, com a condição de permanecerem no salão. A conversa fluiu. Uma das meninas, brincando, lia a sorte nas cartas. Em seguida, o assunto recaiu em alguns crimes célebres. E foi a esse propósito que o sr. de Rouzières, que nunca perdia a oportunidade de implicar com o conde, relembrou a aventura do colar, sobre a qual o sr. de Dreux detestava conversar.

Todos se apressaram a dar opinião. Todos recapitularam o caso à sua maneira. Como é natural, todas as hipóteses se contradiziam, embora fossem igualmente inaceitáveis.

– E o senhor – perguntou a condessa ao *cavaliere* Floriani –, qual a sua opinião?

– Oh, não tenho opinião, senhora.

Todos protestaram. Justamente, o *cavaliere* acabava de contar, com muito brilho e dando mostras de discernimento e gosto por esse tipo de mistério, diversas aventuras em que estivera metido com seu pai, magistrado em Palermo.

– Admito ter triunfado – afirmou – em situações em que gente mais esperta se deu por vencida. Mas daí a me considerar um Sherlock Holmes... Além de tudo, não conheço os detalhes do episódio.

Voltaram-se para o dono da casa. A contragosto, este foi obrigado a resumir os fatos. O *cavaliere* escutou, fez algumas indagações e murmurou:

– Curioso... à primeira vista não me parece coisa tão difícil de elucidar.

O conde deu de ombros. Os demais, contudo, cercaram o *cavaliere* e ele continuou, num tom um pouco dogmático:

– Em geral, para se chegar ao autor de um homicídio ou de um assalto, é preciso determinar como esse assalto ou homicídio foi cometido. No presente caso, nada mais simples a meu ver, pois nos encontramos diante não de várias hipóteses, mas de uma certeza, de uma certeza única e rigorosa, que se enuncia da seguinte forma: o indivíduo não podia entrar senão pela porta do quarto ou pela porta do gabinete. Ora, não se abre, do exterior, uma porta trancada. Logo, ele entrou pela janela.

– Ela estava fechada e a encontramos fechada – declarou o sr. de Dreux.

– Para isso – continuou Floriani, sem atentar para a interrupção –, bastou simplesmente lançar uma ponte, tábua ou escada, da sacada da cozinha até o parapeito da janela, e assim que o estojo…

– Ora, repito que a janela estava fechada! – exclamou o conde, dando sinais de impaciência.

Dessa vez Floriani foi obrigado a responder. E o fez com a maior tranquilidade, imperturbável ante tão irrisória objeção.

– Quero crer que estava, mas porventura não há um basculante?

– Como sabe?

– Em primeiro lugar, por ser quase uma regra nos palacetes dessa época. E depois é forçoso ser assim, uma vez que, de outra forma, o furto é inexplicável.

– Com efeito, há um basculante, mas está fechado, como a janela. Inclusive ninguém lhe deu atenção.

– O que foi um erro. Pois se lhe houvessem dado atenção, certamente teriam verificado que ele foi aberto.

– E como?

– Suponho que, como qualquer outro, ele se abra por meio de uma correntinha, dotada de uma argola na ponta inferior...

– Sim.

– E essa argola pendia entre o caixilho e o baú?

– Sim, mas não compreendo...

– Aqui está. Por uma fenda efetuada na vidraça, foi possível, com a ajuda de um instrumento qualquer, digamos uma haste de ferro terminada num gancho, agarrar a argola, puxá-la e abrir.

O conde riu:

– Perfeito! Perfeito! Com que facilidade o senhor monta tudo isso! Só se esquece de uma coisa, caro senhor, é que não há fenda aberta na vidraça.

– Há uma fenda.

– Ora, convenhamos, teríamos visto.

– Para ver, é preciso olhar e não olharam. A fenda existe, é materialmente impossível não existir, ao longo da vidraça, rente ao reboco... no sentido vertical, naturalmente.

O conde se levantou. Parecia superexcitado. Percorreu duas ou três vezes o salão com um passo nervoso e, aproximando-se de Floriani, comunicou-lhe:

– Nada mudou lá em cima desde esse dia... ninguém voltou a pisar naquele gabinete.

– Nesse caso, senhor, fique à vontade para certificar-se de que minha explicação bate com a realidade.

– Não bate com nenhum dos fatos constatados pela justiça. O senhor não viu nada, não sabe de nada e contradiz tudo que vimos e sabemos.

Floriani pareceu não reparar na irritação do conde e, sorrindo, sugeriu:

– Meu Deus, senhor, minha única intenção é ver claro. Se estou errado, prove o meu erro.

– Agora mesmo... garanto-lhe que essa sua segurança, em breve...

O sr. de Dreux engrolou ainda algumas palavras, depois, subitamente, dirigiu-se à porta e saiu.

Nenhuma palavra foi pronunciada. Esperaram ansiosos, como se de fato uma parcela da verdade fosse emergir. E o silêncio era de uma gravidade extrema.

Por fim, o conde reapareceu na moldura da porta. Estava pálido, bastante agitado. Disse aos amigos, com uma voz tremida:

– Peço-lhes perdão... as revelações do *cavaliere* são inesperadas... eu nunca teria pensado...

Sua mulher interrogou-o avidamente:

– Fale... eu suplico... o que está havendo?

Ele balbuciou:

– A fenda existe... precisamente no lugar indicado... ao longo da vidraça...

Agarrou impulsivamente o braço de Floriani e intimou-o, num tom imperioso:

– Agora, senhor, continue... reconheço que tem razão até aqui, mas agora vamos até o fim... responda... o que supõe ter acontecido?

Floriani se desvencilhou com delicadeza e, ao fim de um instante, pronunciou-se:

– Pois bem, eis, na minha opinião, o que aconteceu. O indivíduo, ciente de que a sra. de Dreux ia ao baile com o colar, lançou sua ponte quando o senhor saiu. Através da janela, ele o vigiou e o viu esconder a joia. Assim que o senhor partiu, ele cortou o vidro e puxou a argola.

– Vá lá, mas a distância era grande demais para que, pelo basculante, ele pudesse alcançar o puxador da janela.

– Se ele não conseguiu abri-la, é porque entrou pelo próprio basculante.

– Impossível, não existe homem tão magro para se enfiar por ali.

– Então não é um homem.

– Como assim?

– Elementar. Se a passagem é estreita demais para um homem, só pode ter sido uma criança.

– Uma criança!

– O senhor não disse que sua amiga Henriette tinha um filho?

– Com efeito… um filho chamado Raoul.
– É infinitamente provável que tenha sido Raoul o autor do furto.
– Que provas o senhor tem?
– Provas…? Provas é o que não falta. Por exemplo…

Calou-se e refletiu alguns segundos. Depois continuou:

– Essa ponte, por exemplo, não é razoável acreditar que o menino a trouxe do exterior e a tenha levado embora sem ninguém perceber. Ele deve ter usado o que tinha à disposição. Na despensa onde Henriette cozinhava, havia, não é mesmo?, tábuas fixadas na parede, onde se guardavam as panelas.

– Duas tábuas, se não me falha a memória.

– Teríamos de verificar se elas estão realmente fixadas nos suportes de madeira que as sustentam. Caso contrário, é lícito pensar que o menino as despregou e depois acoplou uma à outra. Da mesma forma, dado que havia um forno, talvez encontremos o gancho de forno que ele deve ter usado para abrir o basculante.

Sem dizer uma palavra, o conde saiu e, dessa vez, os presentes nem sequer sentiram, como da primeira, aquela ponta de ansiedade frente ao desconhecido. Sabiam, sabiam de maneira absoluta que as suposições de Floriani eram corretas. Emanava daquele homem uma sensação de certeza tão rigorosa que o escutavam não como se deduzisse fatos uns dos outros, mas como se narrasse uma trama cuja autenticidade era fácil verificar passo a passo.

Ninguém se espantou quando, por sua vez, o conde declarou:

– Foi realmente o menino, foi realmente ele, tudo corrobora isso.

– O senhor viu as tábuas... o gancho?

– Vi... as tábuas foram despregadas... o gancho continua lá.

A sra. de Dreux-Soubise exclamou:

– Foi ele! Em verdade, o senhor quer dizer que foi a mãe. Henriette é a única culpada. Deve ter obrigado o filho...

– Não – afirmou o *cavaliere* –, a mãe não tem nada a ver com isso.

– Ora, vamos! Os dois moravam no mesmo quarto, o menino não poderia ter agido sem que Henriette soubesse.

– Eles moravam no mesmo quarto, mas tudo aconteceu no cômodo ao lado, à noite, enquanto a mãe dormia.

– E o colar? – indagou o conde. – Teria sido encontrado entre os pertences do menino.

– Em absoluto! Ele tinha uma vida fora daqui. Na mesma manhã em que o senhor o surpreendeu diante de sua mesa de estudo, ele vinha da escola, e a justiça, em vez de acuar a mãe inocente, talvez tivesse trabalhado melhor revistando a carteira da criança, entre seus livros escolares.

– Que seja, mas e os dois mil francos que Henriette recebia todo ano, não são uma prova irrefutável de sua cumplicidade?

– Se fosse cúmplice, ela lhe teria agradecido pelo dinheiro? Além do mais, não estava sendo vigiada? Ao passo que o menino, ele está livre, pode tranquilamente correr até a cidade vizinha, se entender com um intermediário qualquer e lhe ceder a preço vil um ou dois diamantes, conforme o caso... com a condição de que a remessa do dinheiro fosse efetuada de Paris, exigência essencial para a operação ser repetida no ano seguinte.

Um mal-estar indefinível sufocava os Dreux-Soubise e seus convidados. Realmente, algo no tom e na atitude de Floriani destoava daquela certeza que, desde o início, enfadara tanto o conde. Era uma espécie de ironia, e uma ironia que parecia mais hostil do que simpática e amistosa, como teria sido de bom-tom.

O conde afetou uma risada.

– Tudo isso é de uma engenhosidade fascinante! Meus cumprimentos! Que imaginação fértil!

– De jeito nenhum, de jeito nenhum – exclamou Floriani com mais gravidade –, não estou imaginando, estou evocando as circunstâncias que inevitavelmente foram tais como exponho.

– O que sabe sobre isso?

– O que o senhor mesmo contou. Visualizo a vida da mãe e da criança, lá longe, nos rincões da província, a mãe adoecendo, as astúcias e artimanhas do guri para vender as pedras e salvar a mãe ou, ao menos, reconfortar seus últimos dias. A doença progride. Ela morre. Os anos passam. O menino cresce, vira um homem. Agora – e dessa vez não hesito em admitir que dou asas à imaginação – suponhamos que esse homem sinta necessidade de voltar ao local onde viveu sua infância, de rever, reencontrar aqueles que suspeitaram de sua mãe e a acusaram... podem imaginar o interesse pungente dessa entrevista na velha casa onde se desenrolaram as peripécias do drama?

Suas palavras ressoaram por alguns segundos no silêncio inquieto, enquanto no rosto do sr. e da sra. de Dreux transparecia, ao mesmo tempo que o esforço desesperado para compreender, o medo e a angústia de compreender. O conde murmurou:

– Quem é o senhor, cavalheiro?

– Eu? Ora, o *cavaliere* Floriani, que o senhor conheceu em Palermo e com quem foi suficientemente generoso para convidá-lo à sua casa já várias vezes.

– Então o que significa essa história?

– Oh! Mas absolutamente nada! Uma simples brincadeira de minha parte. Procuro imaginar a alegria que o filho de Henriette, se ainda vive, teria em lhe contar que foi o único culpado, e que fez aquilo porque sua mãe teve um destino infeliz, a ponto de perder o posto de... criada, do qual sobrevivia, e ele ainda menino sofria vendo o infortúnio da mãe.

Exprimia-se com uma emoção contida, espigado e debruçado para a condessa. Não restava sombra de dúvida. O *cavaliere* Floriani não era outro senão o filho de Henriette. Tudo, em suas atitudes e palavras, proclamava isso. Aliás, não era sua intenção manifesta, sua própria vontade, ser reconhecido como tal?

O conde hesitou. Que conduta adotar frente ao audacioso personagem? Pedir socorro? Provocar um escândalo? Desmascarar aquele que o roubara outrora? Mas já fazia tanto tempo! E quem se disporia a admitir aquela história absurda de menino delinquente? Não, era preferível engolir a afronta, fingindo não captar seu verdadeiro sentido. Aproximando-se de Floriani, o conde exclamou com alacridade:

– Muito divertido, muito curioso, seu romance. Juro que me arrebatou. Mas, na sua opinião, qual foi o paradeiro desse bom garoto, desse filho exemplar? Espero que não tenha se desviado de tão belo caminho.

– Oh, posso lhe garantir que não.

– Não é mesmo? Depois de um início desses! Furtar o Colar da Rainha aos seis anos, o célebre colar que Maria Antonieta cobiçava!

– E furtá-lo – observou Floriani, prestando-se ao jogo do conde – sem que lhe custasse qualquer dissabor, sem que ninguém tivesse a ideia de examinar o estado das vidraças ou notasse que o parapeito da janela estava limpo demais, aquele parapeito que ele esfregara para apagar os vestígios de sua passagem pela poeira espessa... Admita que havia com que virar a cabeça de um menino daquela idade. Então é fácil assim? É só querer e estender a mão...? Diabos, ele quis...

– E estendeu a mão.

– As duas mãos – emendou o *cavaliere*, rindo.

Todos ficaram arrepiados. Que mistério escondia a vida daquele pretenso Floriani? Quão extraordinária não deveria ser a existência daquele aventureiro, ladrão genial aos seis anos e que, hoje, por um capricho de diletante em busca de emoção, ou, no máximo, para compensar um sentimento de mágoa, vinha afrontar sua vítima na casa dela, audaciosamente, loucamente, e não obstante com toda a correção de uma visita galante!

Ele se levantou e se aproximou da condessa para se despedir. Ela fez menção de recuar. Ele sorriu.

– Oh, senhora, está com medo! Teria eu porventura exagerado em minha pequena comédia de bruxo de salão?

Ela se dominou e respondeu com a mesma desenvoltura um tanto irônica:

– De forma alguma, senhor. Ao contrário, a lenda desse filho exemplar me interessou muito e fico feliz que meu colar tenha gozado de destino tão brilhante. Mas não acha que o filho dessa… mulher, dessa Henriette, obedecia antes de tudo a uma vocação?

Ele estremeceu, percebendo a indireta, e replicou:

– Estou persuadido disso, e era inclusive imprescindível que tal vocação fosse muito forte para que a criança não desanimasse.

– Como assim?

– Ora, a senhora sabe, a maioria das pedras era falsa. De autêntico, apenas os poucos diamantes adquiridos do joalheiro inglês, os outros tendo sido vendidos um a um, conforme as duras necessidades da vida.

– Continuava a ser o Colar da Rainha, senhor – disse a condessa com altivez –, e eis, me parece, o que o filho de Henriette não era capaz de compreender.

– Ele deve ter compreendido, senhora, que, falso ou verdadeiro, o colar era acima de tudo um objeto de exibicionismo, uma insígnia.

O sr. de Dreux cerrou os punhos. Sua mulher antecipou-se:

– Senhor – ela disse –, se o homem a quem faz alusão tem um pingo de pudor...

Ela se interrompeu, intimidada pelo plácido olhar de Floriani.

Ele repetiu:

– Se esse homem tem um pingo de pudor...

Ela sentiu que não ganharia nada lhe falando daquela maneira e, contra a própria vontade, malgrado sua cólera e sua indignação ardente de orgulho humilhado, disse-lhe quase com cortesia:

– Senhor, a lenda diz que Rétaux de Villette, quando teve o Colar da Rainha em suas mãos, junto com Jeanne de Valois arrancou-lhe todos os diamantes, mas não ousou tocar no engaste. Ele compreendeu que os diamantes não passavam do ornamento, do acessório, que o engaste era a obra essencial, a criação pura do artista, e o respeitou. Pensa que esse homem compreendeu da mesma forma?

– Não duvido que o engaste exista. O menino respeitou-o.

– Muito bem, senhor, se porventura encontrá-lo, diga-lhe que ele guarda injustamente uma dessas relíquias que são propriedade e glória de determinadas famílias, e que ele arrancou suas pedras sem que o Colar da Rainha deixasse de pertencer à casa de Dreux-Soubise, pois ele nos pertence, assim como nosso nome e nossa honra.

O *cavaliere* respondeu simplesmente:

– Dir-lhe-ei, senhora.

Fez uma mesura, cumprimentou o conde, saudou um a um todos os presentes e saiu.

QUATRO DIAS DEPOIS, a sra. de Dreux encontrava na mesa de seu quarto um estojo vermelho com as armas do cardeal. Abriu-o. Era o Colar Escravatura, da Rainha.

Contudo, como todas as coisas na vida de um homem cioso de unidade e lógica devem contribuir para o mesmo fim – e um pouco de propaganda nunca faz mal –, no dia seguinte o *Echo de France* publicava estas linhas sensacionalistas:

> O Colar da Rainha, célebre joia roubada tempos atrás da família de Dreux-Soubise, foi encontrado por Arsène Lupin. Arsène Lupin apressou-se em devolvê-lo a seus legítimos proprietários. Não podemos senão aplaudir essa atenção delicada e cavalheiresca.

6. O sete de copas

Uma questão se coloca e me é feita com frequência:

"Como conheci Arsène Lupin?"

Ninguém duvida que eu o conheça. Os detalhes que acumulo sobre esse homem desconcertam, os fatos irrefutáveis que exponho, as novas provas que apresento, a interpretação que forneço de certos atos de que só se viram as manifestações exteriores, sem desvendar-lhes as razões secretas nem o mecanismo invisível, tudo isso prova claramente, quando não uma intimidade, que o próprio estilo de vida de Lupin impossibilitaria, ao menos relações amistosas e confidências assíduas.

Mas como o conheci? De onde me vem o privilégio de ser seu cronista? Por que eu, não outro?

A resposta é fácil: o acaso foi o único responsável por uma escolha em que não tive mérito algum. Foi o acaso que me colocou em seu caminho. Foi o acaso que me associou a uma de suas mais estranhas e misteriosas aventuras, o acaso, enfim, que me fez ator num drama do qual ele foi o magnífico diretor, drama obscuro e complexo, urdido por peripécias tão tremendas que hesito no momento de relatá-lo.

O primeiro ato se passa durante aquela fatídica e tão falada noite de 22 para 23 de junho. A propósito, deixo claro de uma vez por todas, atribuo minha insólita conduta na ocasião ao singularíssimo estado de espírito em que me encontrava ao voltar para casa. Havíamos jantado entre amigos no restaurante La Cascade e, a noite inteira, enquanto fumávamos e a orquestra dos ciganos tocava valsas melancólicas, a conversa girara em torno de crimes e assaltos, tramas assustadoras e tenebrosas. Maneira sempre ruim de se preparar para dormir.

Os Saint-Martin foram embora de automóvel, Jean Daspry – aquele simpático e jovial Daspry, que, seis meses depois, viria a se suicidar de maneira tão trágica na fronteira do Marrocos – e eu voltamos a pé pela noite escura e quente. Quando chegamos em frente ao palacete em que eu morava havia um ano em Neuilly, no bulevar Maillot, Jean Daspry me disse:

– Você nunca teve medo?

– Que ideia!

– Ora, esse pavilhão é tão isolado! Sem vizinhos... terrenos baldios... Francamente, não sou covarde, mas...

– Essa é boa! Você só pode estar brincando!

– Oh, não, falo sério. Os Saint-Martin me impressionaram com aquelas histórias de assaltantes.

Tendo apertado minha mão, ele se afastou. Peguei a chave e abri a porta.

– Que diabos! – resmunguei. – Antoine se esqueceu de acender uma vela.

De repente lembrei: Antoine não estava em casa, eu lhe dera folga.

Imediatamente a penumbra e o silêncio tornaram-se desagradáveis para mim. Subi afobadamente ao meu quarto, às apalpadelas, e logo em seguida, contrariando meu hábito, girei a chave e passei a tranca. Só então iluminei.

A chama da vela me restituiu o sangue-frio. Mesmo assim, tive o cuidado de tirar o revólver do coldre, um trabuco de longo alcance, deixando-o ao lado da cama. Essa precaução terminou de me tranquilizar. Deitei-me e, como costumo fazer para dormir, peguei, na mesa de cabeceira, o livro que ali me esperava todas as noites.

Fiquei atônito. No lugar da espátula com que o deixara marcado na véspera, estava um envelope fechado, com cinco lacres de cera vermelha. Peguei-o com ansiedade. No lugar do destinatário, constavam meu nome e sobrenome, além da seguinte menção: "Urgente."

Uma carta! Uma carta para mim! Quem a teria colocado naquele lugar? Um pouco nervoso, rasguei o envelope e li:

A partir do momento em que tiver aberto esta carta, aconteça o que acontecer, independentemente do que venha a ouvir, não se mexa mais, não faça um gesto, não dê um grito. Caso contrário, está perdido.

Também não sou covarde e, assim como qualquer outro, sei me comportar frente ao perigo real e também sorrir das ameaças quiméricas que aturdem nossa imaginação. Mas, repito, eu me achava num estado anormal, mais suscetível, com os nervos à flor da pele. Cá entre nós, não havia nisso tudo algo de perturbador e inexplicável, capaz de abalar a alma do sujeito mais intrépido?

Meus dedos amarfanhavam nervosamente a folha de papel, meus olhos liam e reliam as frases ameaçadoras… "Não faça um gesto… não dê um grito… caso contrário, está perdido…" "Ora, vamos!" pensei. "Deve ser alguma brincadeira, um trote imbecil."

Quase ri, minha vontade era inclusive rir em alto e bom som. Quem me impediu? Que vago receio me fez engasgar?

No mínimo, eu poderia soprar a vela. Mas não, não o fiz. "Nenhum gesto ou está perdido", estava escrito.

Contudo, por que lutar contra esse tipo de autossugestão, não raro mais imperioso que os fatos mais precisos? Só me restava fechar os olhos. Fechei os olhos.

No mesmo instante, um leve rumor esgueirou-se no silêncio, seguido de estalos. Provinham, me pareceu, de uma ampla sala contígua, onde eu instalara meu gabinete de trabalho, do qual apenas o vestíbulo me separava.

A aproximação de um perigo real me deixou superexcitado, tive a impressão de que iria me levantar, pegar meu revólver e correr para a sala. Nem sequer me levantei: diante de meus olhos, uma das cortinas da janela esquerda se mexera.

A dúvida não era mais possível: mexera-se. Ainda se mexia! E vi – oh! Vi claramente – entre as cortinas e a janela, nesse espaço tão exíguo – uma forma humana cujo volume deformava o caimento do tecido.

E a criatura também me via, com certeza me via, através das malhas esgarçadas do forro da cortina. Nesse instante, compreendi tudo. Enquanto os outros carregavam o butim, sua missão consistia em me anular. Levantar-me? Pegar o revólver? Impossível... Ele estava ali! Um gesto, um grito, e eu estava perdido.

Um impacto violento sacudiu a casa, seguido de batidinhas agrupadas em duas ou três, como as de um martelo batendo em pontas e ricocheteando. Ou pelo menos era o que eu imaginava na minha confusão mental. Outros ruídos se entrecruzaram, uma verdadeira balbúrdia, o que provava que não davam a mínima e agiam com toda a segurança.

Tinham razão: eu não me mexia. Seria covardia? Não, eu diria aniquilamento, incapacidade completa de mover qualquer um dos membros. Sensatez, igualmente, pois, afinal, para que lutar? Atrás daquele homem, havia dez outros para atender a um chamado seu. Iria eu arriscar a vida para salvar um punhado de tapeçarias e bibelôs?

O suplício durou a noite inteira. Suplício intolerável, angústia terrível! O barulho cessara, mas eu continuei esperando que recomeçasse. E o homem! O homem a me vigiar, de arma em punho! Meu olhar assustado não despregava dele. Meu coração disparou, um suor caudaloso brotou de minha testa e de todo o meu corpo!

De repente, fui invadido por um inexprimível bem-estar: o carro do leiteiro, cujo trepidar eu conhecia bem, passou pelo bulevar e, ao mesmo tempo, tive a impressão de que o alvorecer penetrava por entre as persianas fechadas, com um pouco de luz natural se misturando à penumbra.

O dia invadiu o quarto. Outros carros passaram. E todos os fantasmas da noite desapareceram.

Estendi então o braço na direção da mesa de cabeceira, lentamente, dissimuladamente. Nada se mexia diante de mim. Marquei com os olhos a prega da cortina, o local exato onde mirar, fiz a conta exata dos movimentos que deveria executar e, num gesto rápido, peguei o revólver e atirei.

Arrojei-me para fora da cama dando um grito de libertação e pulei sobre a cortina. O tecido parecia rasgado, havia um buraco no vidro. Quanto ao homem, não consegui agarrá-lo... pela simples razão de que não havia ninguém.

Ninguém! Ou seja, eu passara a noite inteira hipnotizado por uma prega da cortina! E, enquanto isso, malfeitores... Tomado de fúria, num impulso que nada conseguiria deter, girei a chave na fechadura, abri a porta, atravessei o vestíbulo, abri outra porta e irrompi no salão.

O estupor, contudo, me imobilizou na soleira, ofegante, atônito, mais perplexo ainda do que ao constatar a ausência do homem: nada havia sumido. Todas as coisas que eu acreditava roubadas, móveis, quadros, velhos veludos e velhas sedas, todas estavam no lugar!

Espetáculo incompreensível! Eu não acreditava nos meus olhos! Mas e aquele estardalhaço, aquele barulho de mudança? Vistoriei o aposento, inspecionei as paredes, fiz a lista de todos os objetos que eu conhecia tão bem. Não faltava nada! E o que mais me aturdia era que tampouco nada revelava a passagem dos bandidos, nenhum indício, nenhuma cadeira arrastada, nenhum rastro.

"Vejamos, vejamos", eu ruminava, agarrando a cabeça com as duas mãos, "não estou louco! Ouvi claramente…!"

Centímetro a centímetro, seguindo os mais minuciosos procedimentos de investigação, esquadrinhei a sala. Em vão. Ou melhor… podia eu considerar aquilo uma pista encontrada? Debaixo de um tapetinho persa jogado no assoalho, recolhi uma carta, uma carta de baralho. Era um sete de copas, igual a todos os setes de copas dos baralhos franceses, mas que me chamou atenção por um detalhe deveras interessante. Em cada um dos sete símbolos vermelhos em forma de coração havia um furo, redondo e regular, aparentemente feito com a ponta de um buril.

E foi só. Uma carta de baralho e um bilhete encontrado dentro de um livro. Mais nada. Seria isso suficiente para afirmar que eu não fora joguete de um sonho?

Ao longo do dia, prossegui minhas buscas no salão. Era um aposento amplo, desproporcional à exiguidade da casa, cuja decoração atestava o gosto bizarro de quem o concebera. O piso era um mosaico de pedrinhas multicoloridas, formando grandes desenhos simétricos. O mesmo mosaico, disposto em painéis, revestia as paredes: alegorias pompeianas, composições bizantinas, afrescos medievais. Um Baco cavalgando num barril. Um imperador coroado de ouro, com flores à guisa de barba, empunhava um gládio na mão direita.

Bem no alto, como é normal nos ateliês, ficava a única e vasta janela. Ficando ela sempre aberta à noite, era provável que os homens tivessem passado por ali, com a ajuda de uma escada. Mas tampouco havia certeza quanto a isso. Os pés da escada deveriam ter deixado marcas no chão batido do pátio: não havia nenhuma. O mato do terreno baldio que cercava a casa deveria ter sido pisoteado recentemente: não o fora.

Confesso que não me ocorreu a ideia de me dirigir à polícia, de tal maneira os fatos que eu precisaria expor eram inconsistentes e absurdos. Teriam caçoado de mim. O dia seguinte, contudo, era o dia da minha coluna no *Gil Blas*, onde eu escrevia na época. Assombrado com a minha aventura, fiz dela um relato minucioso.

O artigo não passou despercebido, mas vi claramente que não o levavam a sério, considerando-o mais uma ficção do que uma história real. Os Saint-Martin me gozaram. Daspry, no entanto, a quem não faltava certa competência nesses assuntos, veio me visitar, pediu que eu lhe expusesse o caso e o estudou… sem maior sucesso, aliás.

Ora, numa das manhãs seguintes, a campainha do portão tocou e Antoine veio anunciar que um cavalheiro desejava falar comigo. Preferira não dar o nome. Pedi-lhe que subisse.

Era um homem de uns quarenta anos, moreno, rosto enérgico, cujos trajes, limpos porém puídos, denotavam uma preocupação com a elegância que contrastava com suas maneiras claramente vulgares.

Sem preâmbulo – numa voz roufenha, com entonações que me confirmaram a extração social do indivíduo –, ele me interpelou:

– Senhor, eu estava em viagem quando, num café, o *Gil Blas* me caiu sob os olhos. Li seu artigo. Ele me interessou… e muito.

– Eu lhe agradeço.

– E vim imediatamente.

– Ah!

– Sim, para falar com o senhor. Todos os fatos que o senhor relatou são exatos?

– Rigorosamente exatos.

– O senhor não inventou nenhum deles?

– Absolutamente nenhum.

– Nesse caso, pode ser que eu tenha informações a lhe fornecer.

– Estou ouvindo.

– Não.

– Não o quê?

– Antes de falar, preciso verificar se elas procedem.

– E para verificá-las...?

– Preciso ficar sozinho neste aposento.

Olhei para ele com perplexidade.

– Não sei se compreendo...

– Foi uma ideia que tive ao ler sua coluna. Certos detalhes sugerem uma coincidência realmente extraordinária com outra aventura que o acaso me revelou. Se estou enganado, é preferível conservar-me calado. E o único meio de saber é ficando a sós...

O que havia por trás dessa proposta? Mais tarde recordei que, ao formulá-la, o homem parecia inquieto, com uma expressão ansiosa. Na hora, contudo, embora um pouco surpreso, não vi nada de particularmente anormal em seu pedido. E depois, estava ardendo de curiosidade!

Respondi:

– Combinado. De quanto tempo precisa?

– Oh, três minutos, no máximo! Daqui a três minutos, irei procurá-lo.

Saí do aposento. Embaixo, saquei meu relógio. Um minuto se foi. Dois... Por que me sentia tão nervoso? Por que aqueles instantes pareciam mais solenes do que outros?

Dois minutos e meio... Dois minutos e quarenta e cinco segundos... De repente, ouvi um tiro.

Subi os degraus aos pulos e entrei. Um grito de horror me escapou.

No meio da sala, o homem jazia imóvel, virado de lado. Sangue escorria de seu crânio, misturado à massa encefálica. Junto à sua mão, um revólver ainda fumegante.

Um espasmo balançou-lhe o corpo, e acabou.

Uma coisa, porém, me impressionou acima de tudo, mais ainda do que esse espetáculo terrível, uma coisa que fez com que eu não chamasse por socorro imediatamente e tampouco me lançasse de joelhos para verificar se o homem respirava. No chão, a dois passos dele, estava um sete de copas!

Recolhi-o. Os sete símbolos vermelhos estavam furados...

Meia hora depois, o comissário da polícia de Neuilly chegava, seguido pelo médico-legista e o chefe da Sûreté, o sr. Dudouis. Eu evitara tocar no cadáver. Era melhor evitar qualquer alteração na cena do crime.

As primeiras constatações logo foram feitas, sobretudo na medida em que nada, ou quase nada, foi descoberto. Nos bolsos do morto, nenhum documento, em suas roupas, nenhum nome, em seu lenço, nenhuma inicial. Resumindo, nenhum indício capaz de determinar sua identidade. No salão, tudo permanecera como antes. Os móveis não haviam sido deslocados, os objetos conservavam-se em seus lugares. Por outro lado, aquele homem não viera à minha casa com o fito exclusivo de se matar, ou por julgar meu domicílio mais apropriado do que outro qualquer para o seu suicídio! Era preciso que um motivo o houvesse compelido àquele ato de desespero, e que tal motivo, por sua vez, resultasse de um fato novo, constatado por ele ao longo dos três minutos em que ficara a sós.

Que fato? O que ele vira? O que flagrara? Que segredo tenebroso desvendara? Impossível arriscar qualquer explicação.

No último instante, contudo, produziu-se um incidente que nos pareceu relevante. Quando dois agentes se abaixavam para erguer o cadáver e carregá-lo numa maca, perceberam que a mão esquerda, fechada e crispada até o momento, se abrira, deixando cair um cartão de visita todo amassado.

O cartão dizia: "Georges Andermatt, 37, rua de Berri."

O que significava aquilo? Georges Andermatt era um banqueiro graúdo de Paris, fundador e presidente do chamado Banco dos Metais, que dera impulso vital à indústria metalúrgica da França. Tinha um padrão de vida altíssimo, ostentando *mail-coach*, automóvel, haras de cavalos de corrida. As recepções que oferecia davam o que falar e a sra. Andermatt era citada por sua graça e beleza.

– Seria o nome do morto? – murmurei.

O chefe da Sûreté se debruçou sobre o corpo.

– Não. O sr. Andermatt é um homem de pele clara, um pouco grisalho.

– E por que esse cartão?

– Tem um telefone, cavalheiro?

– Sim, no vestíbulo. Se fizer a gentileza de me acompanhar.

Ele procurou no catálogo e pediu o 415-21.

– O sr. Andermatt está? Queira lhe dizer que o sr. Dudouis solicita sua presença o quanto antes no bulevar Maillot, 102. É urgente.

Vinte minutos depois, o sr. Andermatt descia de seu automóvel. Expuseram-lhe as razões que exigiam sua intervenção e o conduziram até o cadáver.

Por um segundo, a emoção contraiu seu rosto e ele pronunciou em voz baixa, como se a contragosto:

– Etienne Varin.

– O senhor o conhecia?

– Não... quer dizer, sim... mas só de vista. Seu irmão...

– Ele tem um irmão?

– Sim, Alfred Varin... Um dia esse irmão veio me procurar... não lembro mais o assunto...

– Onde ele mora?

– Os dois irmãos moravam juntos... na rua de Provence, creio.

– E suspeita do motivo pelo qual ele tenha se matado?

– Nem de longe.

– E o cartão na mão dele? O cartão com seu endereço!

– Não saberia explicar isso. Evidentemente foi um mero acaso, que o inquérito irá esclarecer.

Um acaso bastante curioso, por sinal, pensei, e intuí que ele também pensava assim.

Essa impressão, confirmei-a nos jornais do dia seguinte e na casa de todos os amigos com quem comentava a aventura. Em meio aos mistérios que a complicavam, após a dupla descoberta, tão desconcertante, daquele sete de copas sete vezes furado, após os dois acontecimentos igualmente enigmáticos para os quais minha residência servira de cenário, aquele cartão de visita prometia finalmente um pouco de luz. Por seu intermédio, chegaríamos à verdade.

Entretanto, contrariando as previsões, o sr. Andermatt não forneceu nenhuma pista.

– Eu falei o que pude – repetia. – O que mais querem? Sou o mais perplexo diante desse cartão encontrado com ele e, como todo mundo, espero que esse ponto seja esclarecido.

Não foi. O inquérito concluiu que os irmãos Varin, suíços de nascimento, haviam, sob diferentes nomes, levado uma vida bastante movimentada, frequentando antros mal-afamados e convivendo com uma grande quadrilha de fora do país, combatida pela polícia e que se dispersara após uma série de assaltos, nos quais sua participação só foi constatada a posteriori. No número 24 da rua de Provence, onde os irmãos Varin haviam efetivamente morado seis anos antes, ninguém mais tivera notícias deles desde então.

Confesso que, julgando esse caso embrulhado demais e não acreditando nem um pouco na possibilidade de uma solução, procurei esquecer o assunto. Jean Daspry, ao contrário, de quem era próximo nessa época, interessou-se cada dia mais.

Foi ele quem me chamou a atenção para a pequena nota publicada num jornal estrangeiro, reproduzida e comentada por toda a imprensa.

> Serão realizados, na presença do imperador, em local a ser mantido secreto até o último minuto, os primeiros testes de um submarino que pode revolucionar o futuro da guerra naval. Uma indiscrição nos revelou seu nome: chama-se *O Sete de Copas*.

O Sete de Copas? Coincidência? Ou cumpria estabelecer um elo efetivo entre o nome desse submarino e os incidentes a que nos referimos? Mas um elo de que natureza? O que acontecia aqui não podia de forma alguma estar associado ao que acontecia lá.

– O que sabe sobre isso? – me dizia Daspry. – Os efeitos mais díspares não raro provêm de uma causa única.

No dia seguinte, outro rumor era publicado:

> Corre que os planos do *Sete de Copas*, submarino prestes a entrar na fase de testes, foram desenhados por engenheiros franceses. Após solicitarem em vão o apoio de seus compatriotas, teriam

se dirigido, sem melhor resultado, ao Almirantado inglês. Tais informações não foram confirmadas.

Não ouso insistir sobre fatos de natureza extremamente delicada e que, todos hão de lembrar, provocaram tanta comoção. Contudo, uma vez afastado qualquer perigo de complicação, sinto-me compelido a falar do artigo do *Echo de France*, causador de um grande alvoroço na época, e que lançou sobre o "caso do *Sete de Copas*", como o chamavam, algumas luzes... confusas.

Ei-lo, tal como foi publicado sob a assinatura de Salvator:

O CASO DO SETE DE COPAS
ERGUE-SE UMA PONTA DO VÉU

Seremos breves. Há dez anos, um jovem engenheiro de minas, Louis Lacombe, querendo dedicar seu tempo e fortuna aos estudos que realizava, pediu demissão e alugou, no número 102 do bulevar Maillot, um pequeno palacete que um conde italiano mandara recentemente construir e decorar. Por intermédio de dois indivíduos, os irmãos Varin, de Lausanne – um dos quais o ajudava em seus experimentos enquanto o outro lhe arranjava encomendas –, travou relações com o sr. Georges Andermatt, que acabava de fundar o Banco dos Metais.

Após diversas entrevistas, conseguiu interessá-lo por um projeto de submarino no qual trabalhava e ficou acertado que, assim que o engenho ganhasse sua forma definitiva, o sr. Andermatt usaria de sua influência para obter, do Ministério da Marinha, uma série de testes.

Durante dois anos, Louis Lacombe frequentou assiduamente o palacete Andermatt, informando o banqueiro sobre os aperfeiçoamentos no projeto, até o dia em que, ele próprio satisfeito com seu trabalho, tendo encontrado a fórmula definitiva que buscava, pediu ao sr. Andermatt que se pusesse em campo.

Nesse dia, Louis Lacombe jantou na casa dos Andermatt. Foi embora em torno das onze e meia. Desde então, jamais foi visto outra vez.

Relendo os jornais da época, verifica-se que a família do rapaz recorreu à justiça e o Ministério Público se preocupou. Contudo, não se chegando a nenhuma conclusão, foi tacitamente admitido que Louis Lacombe, tido como um rapaz excêntrico e sonhador, viajara sem avisar a ninguém.

Aceitemos essa hipótese... inverossímil. Uma pergunta, porém, se coloca, essencial para o nosso país: aonde foram parar os planos do submarino? Louis Lacombe levou-os consigo? Foram destruídos?

Da seriíssima investigação que nos ocupa, resulta que esses planos existem. Os irmãos Varin os tiveram nas mãos. Como? Ainda não pudemos confirmar, assim como não sabemos por que eles não tentaram vendê-los antes. Temiam que lhes perguntassem como os haviam obtido? De um jeito ou de outro, esse temor passou e podemos afirmar o seguinte: os planos de Louis Lacombe são propriedade de uma potência estrangeira e dispomos dos meios de publicar a correspondência trocada a esse respeito entre os irmãos Varin e o representante dessa potência. Atualmente o *Sete de Copas* imaginado por Louis Lacombe está sendo construído por nossos vizinhos.

Corresponderá a realidade às previsões otimistas dos envolvidos nessa traição? Temos razões para esperar o contrário, e gostamos de acreditar que o futuro irá mostrá-las corretas.

E um post scriptum acrescentava:

Última hora: nossas crenças eram fundadas. Nossa fonte nos permite anunciar que os testes do *Sete de Copas* não foram satisfatórios. É bastante provável que, aos planos entregues pelos irmãos Varin, faltasse o último documento, entregue por Louis Lacombe ao sr. Andermatt na noite de seu desaparecimento, documento indispensável à plena compreensão do projeto, espécie de resumo onde se encontram as conclusões definitivas, as valorações e mensurações contidas nos outros papéis. Sem esse documento, os planos são imperfeitos; assim como, sem os planos, o documento é inútil.

Logo, ainda é tempo de agir e recuperar o que nos pertence. Para essa dificílima tarefa, contamos muito com a ajuda do sr. Andermatt. Afinal, é de seu interesse explicar a inexplicável conduta que teve desde o início. Ele dirá não só por que não contou o que sabia por ocasião do suicídio de Etienne Varin, como também por que nunca revelou o desaparecimento dos papéis de que tinha ciência. Dirá também por que, durante seis anos, pagou a agentes para vigiar os irmãos Varin.

Esperamos dele não palavras, mas atos. Senão…

A ameaça era brutal. Mas em que ela consistia? Que meio de intimidação Salvator, o autor… anônimo do artigo, detinha sobre Andermatt?

Um enxame de repórteres voou em cima do banqueiro e dez entrevistas exprimiram o desdém com que ele reagiu a essa última interpelação. Ao que o correspondente do *Echo de France* retrucou com estas poucas linhas:

Queira ou não, a partir de agora o sr. Andermatt é nosso colaborador na tarefa que nos propusemos a realizar.

No dia em que essa réplica foi publicada, Daspry e eu jantamos juntos. À noite, com os jornais espalhados sobre a minha mesa, discutíamos o caso e o examinávamos sob todos os seus ângulos, com a mesma irritação que sentimos ao caminhar indefinidamente no escuro e esbarrar nos mesmos obstáculos.

Subitamente, sem que meu criado me houvesse avisado ou a campainha tocado, a porta se abriu e uma senhora entrou, coberta com um véu espesso.

Levantei-me prontamente e avancei. Ela indagou:

– É o senhor, cavalheiro, que mora aqui?

– Sim, senhora, mas confesso...

– O portão do bulevar não estava fechado – ela explicou.

– Mas e a porta do vestíbulo?

Como não obtive resposta, supus que ela dera a volta pela escada de serviço. Conhecia então o caminho?

Houve um silêncio um pouco constrangedor. A senhora olhou Daspry. Involuntariamente, como teria feito num salão, apresentei-o. Em seguida, pedi a ela que se sentasse e me expusesse a finalidade de sua visita.

Quando retirou o véu, vi que era morena, com as feições regulares e, se não muito bonita, pelo menos com um charme infinito, que refluía principalmente dos olhos, graves e dolorosos.

Ela disse simplesmente:

– Sou a sra. Andermatt.

– A sra. Andermatt! – repeti, cada vez mais perplexo.

Novo silêncio. Com uma voz calma e o semblante mais tranquilo, ela continuou.

– Venho a respeito desse caso... o senhor sabe. Imaginei que pudesse obter algumas informações junto ao senhor...

– Meu Deus, senhora, se for isso, não sei mais do que os jornais publicaram. Queira dizer exatamente em que posso ajudá-la.

– Não sei... Não sei...

Só então intuí que sua calma era artificial e que, sob aquele ar de segurança absoluta, escondia-se uma grande perturbação. Calamo-nos, ambos constrangidos.

Daspry, que não despregara os olhos de cima dela, aproximou-se e disse:

– A senhora permite que eu lhe faça algumas perguntas?

– Oh, sim! – ela exclamou. – Assim, conseguirei falar.

– Falará… sejam quais forem essas perguntas?

– Sejam quais forem elas.

Ele refletiu e indagou:

– Conhece Louis Lacombe?

– Sim, por intermédio de meu marido.

– Quando esteve com ele pela última vez?

– Na noite em que jantou em nossa casa.

– Nessa noite, alguma coisa lhe sugeriu que não o veria mais?

– Não. Ele chegou a aludir a uma viagem à Rússia, mas tão vagamente!

– Esperava então revê-lo?

– Dali a dois dias, para jantar.

– E como explica esse desaparecimento?

– Não explico.

– E o sr. Andermatt?

– Ignoro.

– No entanto…

– Não me interrogue quanto a isso.

– A reportagem do *Echo de France* parece dizer...

– O que ela parece dizer é que os irmãos Varin estão ligados a esse desaparecimento.

– A senhora é dessa opinião?

– Sim.

– Em que repousa tal convicção?

– Ao se despedir, Louis Lacombe carregava uma pasta que continha todos os papéis relativos ao projeto. Dois dias depois, ocorreu, entre meu marido e o Varin hoje remanescente, uma entrevista durante a qual meu marido adquiriu a prova de que os papéis estavam com os dois irmãos.

– E ele não os denunciou?

– Não.

– Por quê?

– Porque, na pasta, havia outra coisa além dos papéis de Louis Lacombe.

– O quê?

Ela hesitou, fez menção de responder, terminando, finalmente, por resolver calar-se. Daspry continuou:

– Eis então a causa pela qual seu marido, sem avisar à polícia, mandava vigiar os dois irmãos. Ele tinha esperanças de recuperar os papéis e, ao mesmo tempo, essa coisa... comprometedora, graças à qual os irmãos faziam uma espécie de chantagem sobre ele.

– Sobre ele... e sobre mim.

– Ah, sobre a senhora também?

– Sobre mim principalmente.

Ela articulou essas três palavras com uma voz sumida. Daspry observou-a, deu alguns passos, e voltando até ela:

– A senhora escreveu a Louis Lacombe?

– Naturalmente... meu marido mantinha relações...

– Afora as cartas oficiais, não escreveu a Louis Lacombe... outras cartas? Desculpe-me a insistência, mas é indispensável saber toda a verdade. Escreveu outras cartas?

Corando, ela murmurou:

– Sim.

– E são essas cartas que os irmãos Varin possuíam?

– Sim.

– O sr. Andermatt, então, sabe?

– Embora não as tenha visto, Alfred Varin lhe revelou a existência delas, ameaçando publicá-las se meu marido agisse contra os dois. Meu marido teve medo... recuou ante o escândalo.

– Por outro lado, usou de todo tipo de expediente para lhes arrancar essas cartas.

– Exatamente... pelo menos é o que suponho, pois, a partir dessa última entrevista com Alfred Varin, e após as palavras, poucas e veementes, com que me relatou seu teor, não houve mais, entre meu marido e eu, nenhuma intimidade ou confiança. Vivemos como dois estranhos.

– Nesse caso, se não tem nada a perder, o que receia?

– Por mais indiferente que tenha me tornado para ele, sou aquela a quem ele amou, a quem ele ainda poderia ter amado; oh! Disso eu tenho certeza – ela murmurou, com uma voz fervorosa –, a quem ainda amaria, se não tivesse se apoderado daquelas malditas cartas...

– Como! Ele conseguiu... E ainda assim os dois irmãos o afrontavam?

– Sim, e parece que inclusive se gabavam de ter um esconderijo seguro.

– O que mais...?

– Tenho todos os motivos para acreditar que meu marido descobriu esse esconderijo!

– Ora, vamos! E onde seria?

– Aqui.

Estremeci.

– Aqui?

– Sim, e sempre desconfiei disso. Louis Lacombe, muito engenhoso, apaixonado por mecânica, se entretinha, nas horas vagas, em confeccionar cofres e fechaduras. Os irmãos Varin devem ter encontrado e, na sequência, utilizado um desses esconderijos para ocultar as cartas... e outras coisas, sem dúvida.

– Mas eles não moravam aqui! – exclamei.

– Até a chegada do senhor, há quatro meses, este imóvel permaneceu desocupado. Logo, é provável que tenham voltado aqui, bem como imaginado que a presença do senhor não os atrapalharia no dia em que tivessem necessidade de retirar todos os papéis. Não contavam, porém, com meu marido, que, na noite de 22 para 23 de junho, arrombou o cofre, pegou… o que procurava e deixou seu cartão para mostrar claramente aos dois irmãos que não tinha mais motivos para temê-los e que agora era ele quem os tinha nas mãos. Dois dias mais tarde, advertido pela reportagem do *Gil Blas*, Etienne Varin corria à sua casa, ficava sozinho nesta sala, encontrava o cofre vazio e se matava.

Ao fim de um instante, Daspry perguntou:

– Isso é uma simples suposição, certo? O sr. Andermatt não lhe disse nada?

– Não.

– Seu estado de ânimo não se alterou? Ele não lhe pareceu mais melancólico, mais preocupado?

– Não.

– E acha que ele ficaria assim se tivesse encontrado as cartas? Na minha opinião, ele não as tem. Na minha opinião, não foi ele quem entrou aqui.

– E quem teria entrado, então?

– O personagem misterioso que conduz esse caso, que manipula todos os seus cordões e o dirige para um fim que, em meio a tantas complicações, apenas vislumbramos, o personagem misterioso cuja ação visível e todo-poderosa constatamos desde o início. Foram ele e seus amigos que entraram nesta casa no dia 22 de junho, foi ele que descobriu o esconderijo e foi ele que deixou o cartão do sr. Andermatt, é ele que detém a correspondência e as provas da traição dos irmãos Varin.

– Ele quem? – interrompi, não sem impaciência.

– O colaborador do *Echo de France*, caramba, o tal Salvator! Não é de uma evidência clamorosa? Em seu artigo, ele fornece detalhes que só o homem que entrou nos segredos dos dois irmãos pode conhecer!

– Nesse caso – balbuciou a sra. Andermatt, com pavor –, é ele que está de posse das minhas cartas e é ele, por sua vez, que ameaça meu marido! O que fazer, meu Deus?!

– Escrever-lhe! – declarou simplesmente Daspry. – Abrir o jogo, contar-lhe tudo o que sabe e possa vir a saber.

– Que está dizendo?!

– O interesse de ambos é idêntico. Está fora de dúvida que ele age contra o irmão sobrevivente. Não é com o sr. Andermatt que ele quer briga, e sim com Alfred Varin. Ajude-o.

– Como?

– Seu marido está de posse desse documento que completa e permite materializar os planos de Louis Lacombe?

– Sim.

– Avise isso a Salvator. Se necessário, tente passar-lhe esse documento. Em suma, corresponda-se com ele. O que tem a perder?

O conselho era atrevido, à primeira vista até mesmo perigoso, mas a sra. Andermatt não tinha alternativa. Afinal, como dizia Daspry, o que ela tinha a perder? Se o desconhecido fosse um inimigo, aquela iniciativa não agravava a situação. Se fosse um estranho que mirava um fim específico, não atribuiria senão importância secundária àquelas cartas.

Seja como for, era uma ideia e, em sua aflição, a sra. Andermatt ficou felicíssima de abraçá-la. Agradeceu-nos efusivamente e prometeu manter-nos informados.

Dois dias depois, com efeito, enviava-nos este bilhete, que recebera em resposta.

> As cartas não estavam lá. Mas as conseguirei, fique tranquila. Deixe tudo por minha conta.
>
> S.

Peguei o papel. Era a letra da mensagem que haviam deixado entre as páginas do meu livro de cabeceira, na noite de 22 de junho.

Daspry então tinha razão. Salvator era de fato o grande arquiteto daquela aventura.

A BEM DA VERDADE, começávamos a enxergar um pouco melhor em meio às trevas que nos cercavam, e determinados pontos ganhavam uma luz inesperada. Mas quantos outros não permaneciam obscuros, como a descoberta dos dois setes de copas! De minha parte, eu voltava sempre a esse ponto, mais intrigado talvez do que o necessário com essas duas cartas de baralho, cujas sete figurinhas perfuradas haviam atraído meus olhos em circunstâncias tão perturbadoras. Que papel elas tinham no drama? Que importância atribuir-lhes? Que conclusão tirar do fato de o submarino construído segundo os planos de Louis Lacombe ter sido batizado como *O Sete de Copas*?

Daspry, por sua vez, pouco absorvido pelas duas cartas, concentrava-se integralmente no estudo de outro problema, cuja solução lhe parecia mais urgente: procurava sem descanso o famoso esconderijo.

– Quem sabe – dizia – não encontrarei a correspondência que Salvator não encontrou... talvez por inadvertência. É muito pouco provável que os irmãos Varin tenham retirado de um local que supunham inacessível uma arma cujo valor incalculável conheciam.

E procurava. Desvendados os segredos da sala, estendeu sua busca a todos os outros cômodos da casa: esquadrinhou o interior e o exterior, examinou as pedras e os tijolos dos muros, ergueu as ardósias do telhado.

Um dia, chegou com uma picareta e uma pá, me passou a pá, ficou com a picareta e, apontando o terreno baldio, ordenou:

– Vamos até lá.

Segui-o sem entusiasmo. Ele dividiu o terreno em várias seções, que inspecionou sucessivamente. Num canto, porém, no ângulo formado pelos muros de duas propriedades vizinhas, um aglomerado de pedras de alvenaria tomado por espinheiros e urzes chamou sua atenção. Atacou-o.

Vi-me obrigado a ajudá-lo. Durante uma hora, sob um sol a pino, nos esfalfamos inutilmente. Todavia, quando, sob as pedras afastadas, chegamos ao solo em si e o rasgamos, a picareta de Daspry revelou uma ossada, um resto de esqueleto ainda coberto por alguns farrapos esfiapados.

Empalideci subitamente. Afundada na terra, avistei uma plaquinha de ferro, recortada em forma de retângulo e na qual me parecia distinguir manchas vermelhas. Abaixei-me. Era isso mesmo: a placa tinha as dimensões de uma carta de baralho, e as manchas, num tom de zarcão oxidado em certos lugares, eram em número de sete, todas elas com um furo.

– Quer saber, Daspry? Já me enchi com todas essas histórias. Se lhe interessam, bom proveito. Quanto a mim, prefiro ficar fora disso.

Emoção? Cansaço em virtude de um trabalho executado sob um sol causticante? Fato é que senti uma tonteira no caminho e fui direto para a cama, onde permaneci quarenta e oito horas, pelando de febre, assombrado por esqueletos que dançavam à minha volta, atirando um na cara do outro seus corações sanguinolentos.

Daspry foi solidário comigo. Visitava-me durante três ou quatro horas por dia, que, é verdade, passava no salão, fuçando, batendo e martelando.

– As cartas estão aqui, neste cômodo – ele vinha me dizer de tempos em tempos –, estão aqui. Boto minha mão no fogo.

– Deixe-me em paz – eu respondia, horripilado.

Na manhã do terceiro dia, ainda bastante fraco, mas curado, levantei-me. Um almoço substancial me revigorou. Mas um telegrama, recebido por volta das cinco horas, contribuiu mais que tudo para o meu completo restabelecimento, de tal forma minha curiosidade viu-se, mais uma vez e a despeito de tudo, estimulada.

A mensagem continha estas palavras:

Senhor,
O drama, cujo primeiro ato aconteceu na noite de 22 para 23 de junho, aproxima-se de seu desfecho. Como a própria força das coisas exige que eu promova uma acareação entre os dois personagens principais desse drama, com tal confronto dando-se em sua casa, eu lhe seria infinitamente grato se ela me fosse emprestada hoje à noite. Seria recomendável que, entre nove e onze horas, seu criado fosse dispensado, bem como preferível que o senhor mesmo fizesse a extrema gentileza de deixar o terreno livre para os adversários. O senhor pôde constatar que, na noite de 22 para 23 de junho, preservei escrupulosamente todos os seus pertences.

De minha parte, eu julgaria uma ofensa duvidar um só instante de sua absoluta discrição quanto a este que assina.

Seu devotado,
Salvator

O tom de ironia cortês que permeava a mensagem, bem como a ideia louca que seu pedido exprimia, seduziu-me. Era de uma desenvoltura encantadora, e meu correspondente parecia tão certo de minha aquiescência! Por nada no mundo eu iria querer decepcioná-lo ou pagar sua confiança com ingratidão.

Às oito horas, meu criado, a quem eu dera uma entrada de teatro, acabara de sair, quando Daspry chegou. Mostrei-lhe o bilhete.

– E então? – ele indagou.

– Então eu deixarei o portão do jardim aberto a fim de que possam entrar.

– E vai embora?

– Em hipótese alguma!

– Mas uma vez que lhe pedem...

– Pedem-me discrição. Serei discreto. Mas estou morrendo de vontade de ver o que vai acontecer.

Daspry desatou a rir.

– Sabe de uma coisa? Você tem razão, fico também. Creio que não iremos nos aborrecer.

Um toque de campainha o interrompeu.

– Eles, já? – murmurou Daspry. – Vinte minutos adiantados! Impossível.

Do vestíbulo, puxei o cordão que abria o portão. Um vulto de mulher atravessou o jardim: a sra. Andermatt.

Parecia alterada, e foi quase sem ar que balbuciou.

– Meu marido... está vindo... tem um encontro... devem entregar-lhe as cartas...

– Como sabe? – perguntei.

– Um acaso. Um bilhete que meu marido recebeu durante o jantar.

– Um telegrama?

– Um telegrama fonado. O criado me passou por engano. Meu marido pegou-o em seguida, mas era tarde demais... eu tinha lido.

– A senhora tinha lido...

– Mais ou menos isto: "Às nove horas da noite, esteja no bulevar Maillot com os documentos relativos ao assunto. Em troca, as cartas." Depois do jantar, subi ao meu quarto e, pouco depois, saí.

– Sem o sr. Andermatt saber?

– Sim.

Daspry voltou os olhos para mim.

– O que acha disso?

– O mesmo que você, que o sr. Andermatt é um dos adversários convocados.

– Por quem? E com que objetivo?

– É precisamente o que vamos descobrir.

Escoltei-os até o salão.

A rigor, podíamos ficar todos três atrás do reposteiro de veludo. Instalamo-nos. A sra. Andermatt sentou-se entre nós dois. Pelas frestas do cortinado, víamos todo o recinto.

Soaram nove horas. Passados alguns minutos, as dobradiças do portão do jardim rangeram.

Novamente inflamado por uma espécie de exaltação febril, não deixei, confesso, de sentir certa angústia. Estava prestes a conhecer a chave do enigma! A aventura desconcertante, cujas peripécias se desenrolavam diante de mim havia semanas, iria finalmente ganhar seu verdadeiro sentido, e sob meus olhos é que a batalha seria travada.

Daspry pegou a mão da sra. Andermatt e murmurou:

– Atenção, não mova um dedo! Independentemente do que ouça ou veja, não reaja.

Alguém entrou. Reconheci imediatamente, por sua grande semelhança com Etienne Varin, seu irmão, Alfred. Mesmo andar pesado, mesmo rosto terroso tomado pela barba.

Ele entrou com o ar preocupado de quem receia emboscadas à sua volta, as fareja e evita. Abarcou o recinto num relance e tive a impressão de que cismou com o reposteiro. Deu três passos em nossa direção. Uma ideia, contudo, mais imperiosa sem dúvida, desviou sua atenção, pois ele enviesou na direção da parede e, parando diante do rei em mosaico com a barba florida e o gládio flamejante, examinou-o longamente. Em seguida, subindo em uma cadeira, contornou os ombros e o rosto com o dedo e apalpou determinadas partes da imagem.

Bruscamente, porém, pulou da cadeira e se afastou da parede. Um rumor de passos ecoava. Na soleira, apareceu o sr. Andermatt.

O banqueiro deu um grito de surpresa.

– Você! Você! Foi você quem me telefonou?

– Eu? Em absoluto – protestou Varin, com uma voz alquebrada que lembrava a do irmão –, foi seu bilhete que me fez vir.

– Meu bilhete!

– Uma mensagem assinada pelo senhor, na qual me oferece...

– Não lhe escrevi.

– Não me escreveu!

Instintivamente, Varin ficou em alerta, não em função do banqueiro, mas do inimigo desconhecido que o atraíra àquela armadilha. Seus olhos voltaram-se mais uma vez para o nosso lado e ele se dirigiu precipitadamente para a porta.

O sr. Andermatt barrou-lhe a passagem.

– Aonde pensa que vai, Varin?

– Não me agradam essas maquinações. Vou embora. Boa noite.

– Um instante!

– Por favor, sr. Andermatt, não insista, não temos nada a nos dizer.

– Temos muito a nos dizer e a oportunidade é excelente...

– Deixe-me passar.

– Não, não, não passará.

Intimidado frente à atitude resoluta do banqueiro, Varin recuou, resmungando:

– Então sejamos breves, conversemos e terminemos com isso!

Uma coisa me intrigava e eu tinha certeza de que meus dois companheiros sentiam a mesma decepção. Como era possível que Salvator não estivesse ali? Não estava em seus planos intervir? O mero confronto entre o banqueiro e Varin lhe parecia suficiente? Sentia-me particularmente abalado. Em virtude de sua ausência, aquele duelo, arquitetado e desejado por ele, assumia o aspecto trágico dos acontecimentos suscitados e comandados pela ordem rigorosa do destino, e a força que opunha aqueles dois homens impressionava na mesma medida em que residia fora deles.

Após um momento, o sr. Andermatt aproximou-se de Varin e, cara a cara, olhos nos olhos, interpelou-o:

– Agora, após tantos anos e quando não tem mais nada a temer, responda francamente, Varin. O que fez com Louis Lacombe?

– Boa pergunta! Como se eu pudesse saber do seu paradeiro!

– Você sabe! Você sabe! Você e seu irmão não largavam do pé dele, praticamente moravam na casa dele, esta mesma onde estamos. Você estava a par de todos os seus trabalhos, de todos os seus projetos. E na última noite, Varin, quando acompanhei Louis Lacombe até a minha porta, vi dois vultos esgueirando-se na penumbra. Isso estou pronto a jurar.

– E depois, quando tiver jurado?

– Eram você e seu irmão.

– Prove.

– Ora, a melhor prova é que, dali a dois dias, vocês mesmos me mostravam os papéis e os planos que haviam roubado da pasta de Lacombe e me sugeriam que os comprasse. Como os papéis foram parar em suas mãos?

– Repito, sr. Andermatt, foram encontrados na mesa de Louis Lacombe, na manhã do dia seguinte ao seu desaparecimento.

– Isso não é verdade.

– Prove.

– A justiça poderia tê-lo feito.

– Por que não foi à justiça?

– Por quê? Ah! Porque...

Calou-se, com o rosto sombrio. O outro continuou:

– Afinal, sr. Andermatt, se tivesse a mais ínfima certeza, não seria nossa singela ameaça que o impediria...

– Que ameaça? As cartas? Acha que por um segundo cheguei a acreditar...?

– Se não acreditou na existência das cartas, por que me ofereceu um caminhão de dinheiro para reavê-las? E por que, desde então, vem nos caçando feito animais, a meu irmão e a mim?

– Para recuperar planos que eu tanto prezava.

– Ora, vamos! Era pelas cartas. Uma vez de posse das cartas, o senhor nos denunciaria. Isso é mais certo do que a divulgação delas por mim.

Deu uma gargalhada, bruscamente interrompida.

– Mas chega. Vamos ficar repetindo a mesma coisa sem sair do lugar. Paremos por aqui.

– Não vamos parar coisa nenhuma – disse o banqueiro –, e, uma vez que mencionou as cartas, não sairá daqui antes de me devolvê-las.

– Sairei.

– Eu disse não.

– Escute, sr. Andermatt, aconselho-o…

– Não sairá.

– É o que veremos – disse Varin, num tom tão raivoso que a sra. Andermatt ensaiou um gritinho.

Ele deve ter ouvido, pois quis passar à força. O sr. Andermatt empurrou-o com violência. Vi então Varin deslizando a mão para dentro do bolso do paletó.

– Pela última vez!

– Primeiro as cartas.

Varin sacou um revólver e, mirando no sr. Andermatt:
– Sim ou não?

O banqueiro se abaixou instintivamente.

O tiro ecoou. A arma caiu no chão.

Fiquei estupefato. O tiro havia partido de perto de mim. Fora Daspry que, com uma bala de pistola, fizera a arma de Alfred Varin saltar-lhe da mão!

Irrompendo subitamente entre os dois adversários, encarando Varin, ele ria:

– O senhor tem sorte, amigo, uma tremenda sorte. Mirei na mão e acertei no revólver.

Os dois homens o contemplavam, imóveis e embaraçados. Ele disse ao banqueiro:

– Vai me desculpar, cavalheiro, por eu me meter aonde não fui chamado. Agora, francamente, o senhor é um jogador muito trapalhão. Permita-me assumir a banca.

Voltando-se para o outro:

– A nós dois, colega. E depressa, por favor. O trunfo é copas e eu jogo o sete.

E quase colou-lhe ao nariz a placa de ferro com os sete furos. Eu nunca vira tamanho desassossego. Lívido, com os olhos encarquilhados e um esgar de angústia, o homem parecia hipnotizado pela imagem que lhe apresentavam.

– Quem é o senhor? – balbuciou.

– Já falei, um homem que se mete aonde não foi chamado... mas que vai ao fundo das coisas.

– O que deseja?

– Tudo que o senhor trouxe.

– Eu não trouxe nada.

– Sim, caso contrário não teria vindo. Hoje de manhã recebeu uma mensagem intimando-o a estar aqui às nove horas com todos os papéis que estivessem em suas mãos. Ora, ei-lo aqui. Onde estão os papéis?

Emanava da voz de Daspry, bem como de sua atitude, uma autoridade que me desconcertava, uma maneira de agir inédita naquele homem normalmente despreocupado e manso.

Completamente subjugado, Varin apontou para um de seus bolsos.

– Os papéis estão aqui.

– Todos?

– Sim.

– Todos os que você encontrou na pasta de Louis Lacombe e vendeu para o major von Lieben?

– Sim.

– Cópia ou original?

– Original.

– Quanto quer por eles?

– Cem mil.

Daspry caiu na risada.

– Você está louco. O major só lhe deu vinte. Vinte mil jogados fora, uma vez que faltaram os testes.

– Não souberam executar os planos.

– Os planos estão incompletos.

– Então, por que os quer?

– Preciso deles. Dou-lhe cinco mil francos. Nenhum tostão a mais.

– Dez mil. Nenhum tostão a menos.

– Fechado.

Daspry voltou ao sr. Andermatt.

– Queira fazer um cheque, cavalheiro.

– Mas... é que não tenho...

– Seu talão? Aqui está ele.

Pasmo, o sr. Andermatt apalpou o talão que o sr. Daspry lhe estendia.

– É realmente o meu... Como isso é possível?

– Sem palavras desnecessárias, por favor, caro senhor, apenas assine.

O banqueiro pegou a caneta e assinou. Varin estendeu a mão.

– Abaixe as patas – disse Daspry –, ainda não terminou.

Dirigiu-se ao banqueiro:

– Não havia também o assunto das cartas, que o senhor reclamava?

– Sim, um maço de cartas.

– Onde estão elas, Varin?

– Comigo é que não estão.

– Onde, Varin?

– Ignoro. Foi meu irmão quem cuidou desse assunto.

– Estão escondidas neste aposento.

– Nesse caso, sabe onde.

– Como saberia?

– Bolas, não foi o senhor que visitou o esconderijo? Parecia tão bem-informado... quanto Salvator.

– As cartas não estão no esconderijo.

– Estão.

– Abra-o.

Varin olhou, desconfiado. Daspry e Salvator eram então a mesma pessoa, como tudo fazia presumir? Em caso afirmativo, ele não arriscava nada ao revelar um esconderijo já conhecido. Se não, era inútil...

– Abra-o – repetiu Daspry.

– Não tenho o sete de copas.

– Aqui está ele – disse Daspry, estendendo a placa de ferro.

Varin recuou, aterrado.

– Não... não... não quero...

– Não seja por isso...

Daspry caminhou até o velho monarca de barba florida, subiu numa cadeira e aplicou o sete de copas junto à empunhadura do gládio, próximo à defesa de mão, de maneira a que as bordas da placa recobrissem exatamente as duas bordas da lâmina. Em seguida, com a ajuda de um buril, o qual introduziu sucessivamente em cada um dos sete orifícios existentes nos sete corações, ele pressionou sete pedras do mosaico. Quando a sétima pedrinha afundou, alguma engrenagem foi acionada e o busto inteiro do rei girou sobre seu próprio eixo, revelando uma ampla cavidade, disposta feito um cofre, com revestimento de ferro e duas prateleiras de aço escovado.

– Como pode ver, Varin, o cofre está vazio.

– Com efeito... Então foi porque meu irmão retirou a tal correspondência.

Daspry foi até o homem e o advertiu:

– Não banque o esperto comigo. Há outro esconderijo. Onde é?

– Não há outro esconderijo.

– É dinheiro que você quer? Quanto?

– Dez mil.

– Sr. Andermatt, essas cartas valem dez mil francos para o senhor?

– Sim – disse o banqueiro, em alto e bom som.

Varin fechou o cofre e, pegando o sete de copas, não sem visível repugnância, aplicou-o sobre o gládio, contra a guarda, exatamente no mesmo lugar. Em seguida, introduziu sucessivamente o buril nos sete furos da placa. Algo disparou novamente, mas, dessa vez, coisa inesperada, foi apenas parte do cofre que girou, revelando um pequeno cofre construído na própria espessura da porta que fechava o maior.

Amarrado com um barbante e lacrado, ali estava o maço de cartas. Varin entregou-o a Daspry. Este perguntou:

– O cheque está pronto, sr. Andermatt?

– Sim.

– Possui igualmente o último documento que restou de Louis Lacombe e que completa os planos do submarino?

– Sim.

A troca se fez. Daspry embolsou o documento e o cheque e estendeu o maço ao sr. Andermatt.

– Aqui está o que desejava, cavalheiro.

O banqueiro hesitou um instante, como se receasse tocar naquelas páginas malditas, que procurara com tanto ardor. Em seguida, com um gesto nervoso, arrebatou-as.

Ouvi um gemido ao meu lado. Peguei a mão da sra. Andermatt: estava gelada.

Daspry disse ao banqueiro:

– Creio, senhor, que nossa conversa está encerrada. Oh! Por favor, não agradeça. Foi o simples acaso que determinou que eu pudesse ser-lhe útil.

O sr. Andermatt se retirou. Levava consigo as cartas de sua mulher a Louis Lacombe.

– Magnífico – exclamou Daspry, encantado –, tudo se arranjou da melhor forma possível! Falta apenas concluir nosso negócio, colega. Tem os papéis?

– Aqui estão todos eles.

Daspry compilou-os e, após examiná-los atentamente, enfiou-os no bolso.

– Perfeito, você cumpriu a palavra.

– Mas...

– Mas o quê?

– Os dois cheques...? O dinheiro...?

– É muita desfaçatez, meu velho. Como ousa reclamá-los?

– Reclamo o que me é devido.

– Devem-lhe alguma coisa por papéis que você roubou?

O homem parecia fora de si. Tremia de raiva, os olhos injetados de sangue.

– O dinheiro... os vinte mil... – gaguejou.

– Impossível... Já estão comprometidos.

– O dinheiro!

– Vamos, seja razoável e deixe seu punhal tranquilo.

Agarrou-lhe o braço com tanta força que o outro berrou de dor. Então acrescentou:

– Dê o fora, colega, o ar fresco lhe fará bem. Quer que o acompanhe? Iremos pelo terreno baldio e lhe mostrarei o monte de pedras sob o qual...

– Não é verdade! Não é verdade!

– Claro que é verdade. Essa plaquinha de ferro com os sete furos vem de lá. Louis Lacombe nunca a abandonava, lembra-se? Seu irmão e você a enterraram junto com o cadáver... e com outras coisas que irão interessar imensamente à justiça.

Furioso, Varin cobriu o rosto com as mãos. Em seguida, declarou:

– Tudo bem. Me passaram a perna. Não falemos mais nisso. Só um detalhe, eu gostaria de saber...

– Estou ouvindo.

– Havia nesse cofre, no maior dos dois, uma valise?

– Sim.

– Quando esteve aqui, na noite do 22 para o 23, ela estava no lugar?

– Sim.

– E continha...?

– Tudo o que os irmãos Varin haviam guardado nela, uma belíssima coleção de joias, diamantes e pérolas, usurpados aqui e ali pelos mencionados irmãos.

– E o senhor a pegou?

– Diabos! Ponha-se no meu lugar.

– Então... foi ao constatar o desaparecimento da valise que o meu irmão se matou?

– É provável. O desaparecimento da correspondência de vocês dois com o major von Lieben não teria sido suficiente. Mas o desaparecimento da valise... É tudo que tem a perguntar?

– Só mais uma coisa: seu nome?

– Você pergunta como se planejasse uma revanche.

– Que diabos! A sorte muda. Hoje você está por cima. Amanhã...

– Será sua vez.

– Assim espero. Então, seu nome é?

– Arsène Lupin.

– Arsène Lupin!

O homem cambaleou, como se tivesse recebido um direto no queixo. Aquelas duas palavras pareciam matar todas as suas esperanças. Daspry pôs-se a rir.

– Que graça, imagina porventura que um zé-ninguém conseguiria idealizar essa bela trama? Ora, vamos, era preciso no mínimo um Arsène Lupin para isso. Agora que já sabe, meu velho, vá preparar sua revanche. Arsène Lupin o espera.

E o empurrou para fora, sem uma palavra a mais.

– Daspry, Daspry! – gritei, ainda lhe atribuindo, sem pensar, o nome sob o qual o conhecera.

Ergui o reposteiro de veludo.

Ele apareceu.

– O quê? Alguma coisa?

– A sra. Andermatt não está bem.

Ele se precipitou, fez-lhe respirar sais e, enquanto cuidava dela, me interrogava.

– Então, o que houve?

– As cartas – respondi –, as cartas para Louis Lacombe que você entregou ao marido!

Ele deu um tapa na testa.

– E ela julgou que eu faria uma coisa dessas…? Claro que sim, é o que deve ter pensado no fim das contas. Que imbecil eu sou!

A sra. Andermatt, de volta a si, escutava-o avidamente. Ele retirou de sua carteira um pequeno maço de papéis absolutamente idêntico ao que o sr. Andermatt levara consigo.

– Aqui estão suas cartas, senhora, as verdadeiras.

– Mas… e as outras?

– As outras são idênticas, porém copiadas por mim a noite passada e sutilmente adaptadas. Seu marido ficará mais do que satisfeito ao lê-las, pois, uma vez que tudo se passou diante de seus olhos, nem sequer desconfiará da substituição…

– A caligrafia…

– Não existe caligrafia inimitável.

Ela lhe agradeceu com as mesmas palavras de gratidão que teria para um homem de seu nível social e suspeitei que não devia ter ouvido as últimas palavras trocadas entre Varin e Arsène Lupin.

De minha parte, era com certo constrangimento que, sem saber muito o que falar, eu olhava para esse velho amigo, que se revelava a mim sob luz tão imprevista. Lupin! Era Lupin! Meu colega de clube era ninguém menos que Lupin!

Eu ainda estava boquiaberto. Ele, porém, parecia muito à vontade:

– Pode ir se despedindo de Jean Daspry.

– Ah!

– Sim, Jean Daspry vai viajar. Despacho-o para o Marrocos. Lá, é muito possível que encontre um fim digno de si. Confesso inclusive que é esta sua intenção.

– E Arsène Lupin fica conosco?

– Oh, mais do que nunca! Arsène Lupin está apenas no início de sua promissora carreira e mal pode esperar...

Um irresistível acesso de curiosidade me empurrou até ele e, arrastando-o até certa distância da sra. Andermatt, indaguei:

– Terminou então descobrindo o segundo esconderijo, onde estava o maço de cartas?

– Que trabalheira! Foi só ontem à tarde, quando você estava acamado. No entanto, Deus sabe como era fácil! Mas as coisas mais simples são aquelas que nos ocorrem por último.

Apontou para o sete de copas:

– Não foi difícil supor que, para abrir o cofre grande, era preciso aplicar essa carta de baralho sobre o gládio do homenzinho do mosaico...

– Como você adivinhou?

– Elementar. Advertido por minhas fontes, eu sabia, ao vir aqui na noite de 22 de junho...

– Após se despedir de mim...

– Sim, e após deixá-lo num estado de espírito que, nervoso e impressionável como você é, fatalmente me permitiria agir à vontade, sem sair da sua cama.

– Raciocínio correto.

– Logo, ao vir aqui, eu sabia que havia uma valise escondida num cofre com fechadura secreta, e que o sete de copas era a solução, a chave daquela fechadura. Bastava simplesmente encaixar esse sete de copas no lugar apropriado. Uma hora de análise foi o suficiente.

– Uma hora!

– Observe o homenzinho em mosaico.

– O velho imperador?

– Esse velho imperador é a representação fiel do rei de copas de todos os baralhos: Carlos Magno.

– Com efeito… Mas por que o sete de copas abre ora o cofre grande, ora o pequeno? E por que você a princípio só abriu o cofre grande?

– Por quê? Ora, porque eu insistia em encaixar meu sete de copas na mesma posição. Só ontem percebi que, invertendo-o, isto é, aplicando o sétimo furo, isto é, o do meio, em cima, em vez de embaixo, a disposição dos sete furos mudava.

– Claro!

– Sim, claríssimo, mas precisava alguém para deduzir isso.

– Outra coisa: você ignorava a história da correspondência antes que a sra. Andermatt…

– ... a mencionasse na minha frente? Sim. No cofre, além da valise, eu tinha descoberto apenas a correspondência dos irmãos, correspondência que me colocou na pista da traição dos dois.

– No fim das contas, foi o acaso que o levou primeiramente a reconstituir a história dos dois irmãos e depois a procurar os planos e documentos do submarino?

– Nada além do acaso.

– Mas com que finalidade você investigou...?

Daspry me interrompeu, rindo:

– Meu Deus! Quanto interesse por esse caso!

– Ele é apaixonante.

– Muito bem, daqui a pouco, depois que eu acompanhar a sra. Andermatt e mandar entregar no *Echo de France* a nota que irei redigir, voltarei e desceremos aos detalhes.

Sentou-se e escreveu uma dessas notinhas lapidares com que o personagem se deliciava. Quem não lembra do alvoroço que ela causou no mundo inteiro?

Arsène Lupin resolveu o problema que Salvator levantou recentemente. De posse de todos os documentos e planos originais do engenheiro Louis Lacombe, ele os encaminhou ao ministro da Marinha. Nesta oportunidade, ele abre uma subscrição com o intuito de oferecer ao governo francês o primeiro submarino construído segundo esses planos. Ele mesmo encabeça tal subscrição com a soma de vinte mil francos.

– Os vinte mil francos dos cheques do sr. Andermatt? – indaguei, quando ele me deu o papel para ler.

– Precisamente. É justo que Varin se redima parcialmente de sua traição.

Eis como conheci Arsène Lupin. Eis como soube que Jean Daspry, colega de cenáculo, relação social, não era outro senão Arsène Lupin, o ladrão de casaca. Eis como estreitei laços de amizade agradabilíssimos com o nosso grande homem e como, pouco a pouco, graças à confiança com que houve por bem me honrar, tornei-me seu mui humilde, fiel e grato cronista.

7. O cofre-forte da sra. Imbert

Às três da manhã, ainda havia meia dúzia de coches em frente a um dos ateliês de pintor que compõem o único lado habitável do bulevar Berthier. A porta desse ateliê foi aberta. Um grupo de convidados, homens e mulheres, saiu. Quatro coches avançaram da direita e da esquerda, só restando na avenida dois senhores, que se despediram na esquina da rua de Courcelles, onde um deles morava. O outro resolveu voltar a pé até a Porta Maillot.

Atravessou então a avenida de Villiers e seguiu pela calçada defronte às fortificações. Numa bela noite de inverno como aquela, límpida e fria, era um prazer andar um pouco. Respirava-se ar puro. Os passos ressoavam alegremente.

Ao fim de alguns minutos, contudo, ele teve a impressão desagradável de ser seguido. De fato, voltando-se, percebeu a sombra de um homem esgueirando-se por entre as árvores. Não teve medo; em todo caso, apertou o passo a fim de chegar o quanto antes ao posto fiscal de Ternes. Mas seu perseguidor pôs-se a correr. Assustado, ele julgou mais prudente encará-lo e sacar seu revólver.

Não teve tempo para isso, o homem atacou-o abruptamente e de pronto se desencadeou uma luta no bulevar deserto, luta corpo a corpo, em que ele logo se viu em desvantagem. Chamou por socorro, debateu-se, foi derrubado sobre um monte de pedras, esganado e amordaçado com um lenço, que seu adversário enfiou-lhe na boca. Seus olhos se fecharam, seus ouvidos zumbiram, e ele ia perder os sentidos quando a esganadura afrouxou subitamente e o homem que o sufocava com seu peso, por sua vez, se levantou para se defender contra um ataque imprevisto.

Uma bengalada no pulso, um chute no tornozelo... O agressor deu dois rosnados de dor e, mancando e praguejando, debandou.

Sem dar-se ao trabalho de ir ao seu encalço, o recém-chegado abaixou-se e disse:

– Está ferido, cavalheiro?

Ferido não estava, mas bastante abalado e incapaz de se manter de pé. Por sorte, um funcionário do posto, atraído pelos gritos, acorreu. Chamaram um coche. O cavalheiro foi embarcado, na companhia de seu salvador, e transportado para sua casa, na avenida de La Grande Armée.

Já diante da porta, completamente recuperado, confundiu-se em agradecimentos.

– Devo-lhe a vida, senhor, não o esquecerei, creia-me. Não quero assustar minha mulher neste momento, mas faço questão de que ela lhe expresse pessoalmente, se possível hoje mesmo, toda a minha gratidão.

Intimou-o a vir jantar e declinou seu nome: Ludovic Imbert, acrescentando:

– Posso ter a honra de saber a quem...
– Mas certamente – disse o outro.

E se apresentou:

– Arsène Lupin.

Arsène Lupin, por essa época, ainda não gozava da celebridade que lhe proporcionaram o caso Cahorn, sua fuga da Santé e tantas outras façanhas estrondosas. Nem sequer se chamava Arsène Lupin. Esse nome, ao qual o futuro reservava tamanho lustro, foi criado especificamente para designar o salvador do sr. Imbert, sendo lícito afirmar que durante esse caso ele recebeu seu batismo de fogo. Pronto para o combate, é verdade, armado da cabeça aos pés, porém sem recursos, sem a autoridade que o sucesso confere, Arsène Lupin era apenas o aprendiz num ofício em que logo passaria a mestre.

Portanto, que arrepio de alegria ao despertar e se lembrar do convite para a noite! Finalmente alcançava seu objetivo! Finalmente empreendia uma obra digna de suas forças e de seu talento! Os milhões dos Imbert, que presa magnífica para um apetite igual ao seu!

Vestiu-se com esmero para a ocasião: redingote puído, calça rota, chapéu de seda um pouco ruço, punhos e colarinhos postiços esfiapados, tudo muito limpo, mas denotando pobreza. À guisa de gravata, uma fita preta com um diamante de bijuteria espetado. Com tal fantasia, desceu a escada do apartamento que ocupava em Montmartre. No terceiro andar, sem parar, deu uma batidinha com o castão da bengala numa porta fechada. Na rua, seguiu pelos bulevares periféricos. O bonde passava. Ocupou um lugar e alguém que o seguira até ali, o locatário do terceiro andar, sentou-se a seu lado.

Ao fim de um instante, esse homem lhe disse:

– O que manda, chefe?

– Pronto, está feito.

– Como?

– Vou jantar lá.

– Vai jantar lá!

– Decerto não imagina que eu fosse arriscar dias tão preciosos como os meus de graça! Afinal, salvei o sr. Ludovic Imbert da morte certa que você lhe reservava. O sr. Ludovic Imbert é um espírito cheio de gratidão. Convida-me para jantar.

Após um silêncio, o outro atreveu-se:

– Quer dizer que não desistiu?

– Meu rapaz – disse Arsène –, se maquinei a singela agressão de ontem à noite, se, às três da manhã, na vizinhança de um prédio público, me dei ao trabalho de lhe desferir uma bengalada no pulso e um pontapé na tíbia, correndo assim o risco de causar danos ao meu único amigo, não foi para desistir depois da recompensa por tão bem planejado salvamento.

– Mas os boatos que correm sobre a fortuna...

– Deixe que corram. Há seis meses venho estudando o assunto, me informando, analisando, estendendo minhas malhas, interrogando criados, emprestadores e intermediários, vivendo na sombra do marido e da mulher. Por conseguinte, sei a que me ater. Provenha a fortuna do velho Brawford, como dizem por aí, ou de outra fonte, afirmo que ela existe. E, uma vez que existe, me pertence.

– Caramba, cem milhões!

– Que sejam dez, ou mesmo cinco, não importa! Há grossos maços de títulos no cofre-forte. Pode apostar que, mais dia, menos dia, eu ponho a mão na chave.

O bonde parou na Place de l'Etoile. O homem murmurou:

– Quer dizer que, por enquanto...

– Por enquanto, nada a fazer. Aviso quando for a hora. Temos tempo.

Cinco minutos depois, Arsène Lupin subia a suntuosa escadaria da mansão Imbert e Ludovic apresentava-o à sua mulher. Gervaise era uma senhorinha de bom coração, gorducha e loquaz. Recebeu Lupin com simpatia.

– Quis uma reunião em família para festejarmos nosso salvador – ela disse.

E desde o início "nosso salvador" foi tratado como um velho amigo. Na sobremesa, a intimidade já era completa, e as confidências não se fizeram esperar. Arsène contou sua vida, a vida de seu pai, magistrado íntegro, as tristezas da infância, as dificuldades do presente. Gervaise, por sua vez, desfiou sua juventude, seu casamento, as bondades do velho Brawford, os cem milhões que ela herdara, os obstáculos que atrasavam o pleno usufruto, os empréstimos que fora obrigada a contrair a juros exorbitantes, suas brigas intermináveis com os sobrinhos de Brawford, e os litígios! E os confiscos! Tudo, enfim!

– Pense bem, sr. Lupin, os títulos estão aqui ao lado, no escritório do meu marido, e, se destacarmos um único cupom que seja, perdemos tudo! Estão aqui, dentro do cofre, e não podemos tocar neles.

Um leve tremor sacudiu o sr. Lupin só de pensar em tamanha proximidade. E ele foi invadido pela certeza de que o sr. Lupin jamais teria alma tão elevada para sentir os mesmos escrúpulos que a boa senhora.

– Ah, eles estão aqui... – ele murmurou, salivando.

– Estão.

Relações iniciadas sob tais auspícios não podiam senão formar laços estreitos. Habilmente interrogado, Arsène Lupin confessou sua pobreza, suas atribulações. Na mesma hora, o pobre rapaz foi nomeado secretário particular do casal, com honorários de cento e cinquenta francos por mês. Continuaria a morar fora, mas viria diariamente receber ordens e, para sua maior comodidade, punham à sua disposição, como gabinete de trabalho, um dos quartos do segundo andar.

Ele escolheu qual. Que coincidência incrível fez com que se situasse logo acima do escritório de Ludovic?

Arsène não demorou a perceber que seu posto de secretário assemelhava-se a uma sinecura. Em dois meses, tivera apenas quatro cartas insignificantes para copiar e só fora chamado uma vez ao escritório do patrão, o que não lhe permitira contemplar oficialmente o cofre-forte senão uma vez. Além disso, observou que o titular da sinecura não era considerado digno de figurar ao lado do deputado Anquety, ou do presidente Grouvel, pois sempre esqueciam-se de convidá-lo para as famosas recepções.

Não se queixou disso, preferindo mil vezes conservar seu modesto lugar à sombra, mantendo-se afastado, feliz e livre. A propósito, não desperdiçava seu tempo. Fez primeiramente certo número de visitas clandestinas ao escritório de Ludovic e prestou suas homenagens ao cofre-forte, o qual mesmo assim permaneceu hermético. Era um imenso bloco de ferro fundido e aço, de aspecto rebarbativo, invulnerável a limas, puas ou alicates.

Arsène Lupin não era teimoso.

"Onde a força malogra, a astúcia triunfa", ruminou. "O essencial é ter olhos e ouvidos em alerta."

Tomou então as medidas necessárias e, após minuciosas e complicadas sondagens através do assoalho do quarto, introduziu um cano de chumbo até o teto do escritório, entre duas caneluras da cornija. Através desse cano, tubo acústico e luneta de aproximação, esperava ver e ouvir.

A partir desse momento, passava o tempo todo de bruços no assoalho. E, com efeito, viu por diversas vezes os Imbert confabulando diante do cofre, coligindo anotações, manipulando pastas. Quando eles giravam sucessivamente os quatro botões que comandavam a fechadura, ele procurava, para saber os algarismos, captar o número de cliques que passavam. Vigiava os gestos do casal, espionava as conversas. O que faziam com a chave? Escondiam-na?

Um dia, tendo-os visto sair do escritório sem fechar o cofre, desceu às pressas. Entrou resolutamente. Eles voltaram.

– Oh, perdão – ele disse –, me enganei de porta.

Gervaise, contudo, acorreu e o convidou:

– Entre, sr. Lupin, entre, não está na sua casa? Vai nos dar um conselho. Que títulos devemos vender? Os estrangeiros ou os do governo?

– Mas e o embargo? – objetou Lupin, espantadíssimo.

– Oh! Nem todos os títulos foram bloqueados.

Ela abriu o batente. Nas prateleiras amontoavam-se pastas guarnecidas de correias. Ela pegou uma. O marido protestou.

– Não, não, Gervaise, seria loucura vender os estrangeiros. Eles vão subir... Ao passo que os do governo já se encontram no pico. O que pensa sobre isso, caro amigo?

Apesar de não ter opinião, o caro amigo aconselhou o sacrifício dos títulos do governo. Gervaise então pegou outro maço e, nele, fortuitamente, um papel. Era um título de três por cento de mil trezentos e setenta e quatro francos. Ludovic meteu-o no bolso. À tarde, acompanhado de seu secretário, mandou vendê-lo por intermédio de um corretor, recebendo quarenta e seis mil francos.

A despeito do que dizia Gervaise, Arsène Lupin não se sentia em casa. Muito pelo contrário, sua situação na mansão Imbert o intrigava sobremaneira. Em diversas ocasiões, pôde constatar que os criados desconheciam seu nome. Tratavam-no de senhor. Ludovic sempre o designava assim: "Avise ao senhor", "Será que o senhor chegou?". Por que esse tratamento enigmático?

Aliás, depois do entusiasmo inicial, os Imbert mal o interpelavam, e, embora lhe dispensando todas as atenções devidas a um benfeitor, nunca se preocupavam com ele! Pareciam considerá-lo um excêntrico, avesso ao convívio social, e respeitavam seu isolamento, como se este fosse uma regra ditada por ele, um capricho de sua parte. Uma vez, ao passar pelo vestíbulo, ouviu Gervaise dizendo a dois senhores:

– É uma espécie de selvagem!

Tudo bem, pensou, somos um selvagem. E, desistindo de entender as birutices daquelas pessoas, tocava o seu plano adiante. Adquirira a certeza de que não devia contar nem com o acaso nem com uma desatenção por parte de Gervaise, que nunca largava a chave do cofre e jamais carregava-a sem antes ter embaralhado as letras da fechadura. Quer dizer, era hora de agir.

Um incidente precipitou as coisas: a violenta campanha contra os Imbert movida por certos jornais. Acusavam-nos de estelionato. Arsène Lupin, testemunha das peripécias do drama e das inquietações do casal, percebeu que, se protelasse mais, poria tudo a perder.

Durante cinco dias, em vez de ir embora em torno das seis horas, como costumava fazer, trancou-se no quarto. Achavam que tinha saído. Mas estava deitado no piso e vigiava o escritório de Ludovic.

Como nesses cinco dias não se produziu a circunstância favorável que ele esperava, partiu no meio da noite, pela portinhola que dava no pátio, cuja chave possuía.

No sexto dia, porém, soube que os Imbert, em resposta às insinuações maldosas de seus inimigos, haviam sugerido que o cofre fosse aberto e seu inventário, realizado.

"Será hoje à noite", pensou Lupin.

Com efeito, após o jantar, Ludovic se instalou no escritório. Gervaise juntou-se a ele. Puseram-se a folhear os documentos no cofre.

Passaram uma, duas horas. Ele ouviu os criados se recolhendo. Agora não havia mais ninguém no primeiro andar. À meia-noite, os Imbert ainda não haviam terminado.

– Avante – murmurou Lupin.

Abriu a janela do quarto. Esta dava para o pátio, e o céu, à noite, sem lua nem estrelas, parecia um breu. Ele pegou em seu armário uma corda com nós e prendeu-a no parapeito da sacada. Passou a perna por cima e deixou-se escorregar lentamente, escorando-se numa calha, até a janela situada abaixo da sua. Era a janela do escritório e o véu espesso das cortinas acolchoadas isolava o aposento. Aterrissando na sacada, permaneceu imóvel por um momento, com olhos e ouvidos à espreita.

Tranquilizado pelo silêncio, empurrou levemente as duas vidraças. Se ninguém houvesse verificado, elas deveriam ceder à pressão, uma vez que, durante a tarde, ele destravara o ferrolho.

Os postigos cederam. Em seguida, tomando infinitas precauções, ele os entreabriu um pouco mais. Assim que conseguiu esgueirar a cabeça, parou. Um raio luminoso atravessava as duas cortinas desunidas; ele percebeu Gervaise e Ludovic sentados ao lado do cofre.

Absortos no que faziam, os dois não trocavam senão raras palavras, e em voz baixa. Arsène calculou a distância que o separava deles, mentalizou os movimentos exatos necessários para subjugá-los antes que tivessem tempo de chamar por socorro, e ia se precipitar quando Gervaise se manifestou:

– Que frio de uma hora para outra! Vou me enfiar na cama. E você?

– Quero terminar.

– Terminar! Mas vai levar a noite inteira.

– Que exagero, no máximo uma hora.

Ela se retirou. Passaram-se vinte, trinta minutos. Arsène empurrou um pouco mais a janela. As cortinas tremeram. Empurrou mais. Ludovic se voltou e, vendo as cortinas infladas pelo vento, levantou-se para fechar a janela…

Não houve um grito, sequer arremedo de luta. Com gestos mínimos e precisos, sem machucá-lo, deixando-o apenas grogue, Arsène Lupin cobriu-lhe a cabeça com a cortina e o amarrou de maneira a que Ludovic não pudesse distinguir o rosto de seu agressor.

Em seguida, sem perda de tempo, foi até o cofre, pegou as duas pastas, colocou-as debaixo do braço, saiu do escritório, desceu a escada, atravessou o pátio e abriu a porta de serviço. Um coche estacionava na rua.

– Pegue isso primeiro – disse ao cocheiro – e siga-me.

Voltou ao escritório. Em duas viagens, limparam o cofre. Arsène então subiu ao seu quarto, recolheu a corda e apagou o rastro de sua passagem. Estava terminado.

Poucas horas depois, auxiliado pelo colega, Arsène Lupin dissecou o conteúdo das pastas. Não ficou nem um pouco decepcionado, pois já previa isso, ao constatar que a fortuna dos Imbert estava bem aquém da que lhes atribuíam. Os milhões não se contavam às centenas, nem mesmo às dezenas. Ainda assim, no fim das contas o montante ainda perfazia uma cifra bastante respeitável, além de estar lastreado em aplicações seguras, títulos de ferrovias, da prefeitura de Paris, do Tesouro Nacional, Suez, minas do norte etc.

Deu-se por satisfeito.

– Tudo bem – disse –, haverá uma depreciação na hora de negociar. Enfrentaremos obstáculos e, em mais de uma ocasião, seremos obrigados a liquidar por um preço vil. Não importa, esse primeiro investimento me permitirá viver ao meu estilo... e realizar determinados sonhos que prezo muito.

– E o resto?

– Pode queimar, meu velho. Esse monte de papéis fazia bonito no cofre-forte. Para nós, é inútil. Quanto aos títulos, vamos trancá-los com todo o cuidado no armário e aguardar o momento propício.

No dia seguinte, Arsène ruminou que não havia razão para voltar à mansão dos Imbert. Ao ler os jornais, contudo, deparou com uma notícia inesperada: Ludovic e Gervaise tinham desaparecido.

A abertura do cofre foi um momento solene. Dentro dele, os magistrados encontraram o que Arsène Lupin deixara... quase nada.

TAIS SÃO OS FATOS; segue agora a explicação que Arsène Lupin dá para alguns deles. Colhi o depoimento dele mesmo, certo dia em que se mostrou inclinado a confidências.

Nessa oportunidade, enquanto ia de um lado a outro no meu gabinete de trabalho, seus olhos transmitiam um nervosismo que eu não conhecia.

– Afinal – perguntei –, foi esse o seu melhor golpe?

Sem responder diretamente, ele continuou:

– Há segredos impenetráveis nesse episódio. Pense bem, mesmo depois da explicação que lhe dei, quantos enigmas não restam? Por que aquela fuga? Por que não se aproveitaram do socorro que lhes propiciei involuntariamente? Era tão simples dizer: "Os cem milhões estavam no cofre, não estão mais porque Arsène Lupin os roubou."

– Eles perderam a cabeça.

– É, deve ser isso, eles perderam a cabeça… Por outro lado, é bem verdade que…

– Que…?

– Não, nada.

O que significava tal reticência? Ele não falara tudo, era visível, repugnava-lhe fazê-lo. Aquilo me intrigou. A coisa devia ser grave demais para gerar hesitação num homem de sua têmpera.

Fiz perguntas aleatórias.

– Nunca mais os viu?

– Não.

– E nunca sentiu pena desses dois infelizes?

– Eu! – ele exclamou, sobressaltando-se.

Sua revolta me chamou a atenção. Eu tocara num ponto sensível? Insisti:

– Claro. Sem você, eles talvez pudessem ter feito face ao perigo... ou, pelo menos, evaporado com os bolsos cheios.

– Remorso, porventura é isso que me atribui?

– Por que não?!

Ele deu um soco violento na minha mesa.

– Quer dizer que acha que eu deveria sentir remorso?

– Remorso, arrependimento... chame como quiser, enfim, um sentimento qualquer...

– Um sentimento qualquer pelas pessoas...

– Pessoas de quem você subtraiu uma fortuna.

– Que fortuna?

– Ora... aqueles dois ou três punhados de títulos...

– Aqueles dois ou três punhados de títulos! Roubei-lhes uma maçaroca de títulos, é isso? Foi esse meu erro? Foi esse meu crime? Com mil demônios, meu caro, quer dizer que não percebeu que os títulos eram falsos...? Está ouvindo? ERAM FALSOS!

Eu olhava para ele, pasmo.

– Falsos, os quatro ou cinco milhões?

– Falsos – ele exclamou raivosamente –, mil vezes falsos! Falsas as aplicações, os títulos da prefeitura, os do Tesouro, papéis, nada além de papéis! Nenhum centavo, não arranquei um centavo da bufunfa! E você me pede para ter remorso? Eles é que deveriam ter! Fui enganado feito um reles pateta! Me enrolaram como a um otário qualquer! Me ridicularizaram como se eu fosse o último dos palhaços, e o mais estúpido!

Uma raiva quase palpável o agitava, misto de rancor e amor-próprio ferido.

– Quer saber, estive sempre por baixo desde a primeira hora, de ponta a ponta! Sabe o papel que desempenhei nesse caso, ou melhor, o papel que eles me fizeram desempenhar? O de Andrew Brawford, Brawford era eu! Só mais tarde, pelos jornais, e cotejando certos detalhes, me apercebi disso. Enquanto eu posava de benfeitor, de homem que arriscou a vida para salvar o semelhante das garras dos gatunos, eles, por sua vez, me faziam passar por um dos Brawford! Não é admirável? O excêntrico que ocupava um quarto no segundo andar, o selvagem a quem apontavam de longe, era Brawford, e Brawford era eu! Graças a mim, à confiança que eu inspirava com o nome Brawford, os banqueiros emprestavam e os advogados incentivavam seus clientes a emprestar! Boa escola para um debutante! Arre, juro que a lição me foi útil.

Ele parou bruscamente, agarrou meu braço e, num tom exasperado, em que todavia era fácil perceber nuances de ironia e admiração, me disse esta frase inefável:

– Meu caro, no presente instante, Gervaise Imbert me deve mil e quinhentos francos!

Dessa vez, não consegui reprimir o riso. Fora realmente um trambique de alta classe. Ele mesmo rendeu-se à gaiatice.

– Sim, meu caro, mil e quinhentos francos! Não só não toquei na primeira parcela de meus honorários, como ela ainda me tomou mil e quinhentos francos emprestados! Todas as minhas economias de rapaz! E sabe para quê? Duvido que adivinhe... Para os seus pobres! Estou dizendo! Para pretensos desafortunados que, à revelia de Ludovic, ela reconfortava!

"Caí feito um patinho! É ou não é uma piada? Arsène Lupin afanado em mil e quinhentos francos e afanado pela boa senhora de quem roubou quatro milhões em títulos falsos! E quantos raciocínios, diligências e artimanhas geniais não despendi para chegar a esse belo resultado! Foi a única vez na vida que me deixei passar para trás. Que diabos! Dessa vez eu entrei pelo cano e, sejamos francos, em grande estilo...!"

8. A pérola negra

Um veemente toque de campainha acordou a porteira do número 9 da avenida Hoche. Ela puxou o cordão, abrindo a porta e reclamando:

– Pensei que já estavam todos em casa. Passa das três!

O marido resmungou:

– Deve ser para o médico.

Com efeito, uma voz indagou:

– O dr. Harel... qual o andar?

– Terceiro à esquerda. Mas o doutor não atende à noite.

– Vai ter que atender.

O homem entrou no hall, subiu um, dois andares e, sem sequer parar no hall do dr. Harel, continuou até o quinto. Lá, experimentou duas chaves. Uma abriu a fechadura, a outra, o trinco de segurança.

– Perfeito – ele murmurou –, a tarefa assim fica muito mais simples. Antes de agir, contudo, melhor garantir a fuga. Vejamos... já houve tempo suficiente para eu tocar à porta do doutor e ser despachado por ele? Ainda não... um pouco de paciência...

Ao fim de uns dez minutos, desceu e bateu no vidro do alojamento da porteira, xingando o médico. Abriram e ele bateu a porta ao sair. Ora, a porta não se fechou, pois o homem inserira sutilmente um pedaço de ferro na fechadura, bloqueando a lingueta.

Voltou a entrar então, escondido, sem que os porteiros percebessem. Em caso de alarme, a fuga estava assegurada.

Subiu calmamente os cinco andares. No hall, acendeu uma lanterna elétrica, deixou o sobretudo e o chapéu numa cadeira, sentou-se em outra e protegeu as botinas com grossas polainas de feltro.

– Ufa! Pronto... E com que facilidade! Às vezes me pergunto por que nem todo mundo escolhe ser ladrão. Com um pouco de habilidade e reflexão, não existe trabalho mais sedutor. Profissão pacata... digna de um pai de família... Cômoda até demais... chega a ser maçante.

Abriu uma planta detalhada do apartamento.

– Situemo-nos. Aqui, identifico o retângulo do vestíbulo onde me encontro. Do lado da rua, a sala de estar, o *boudoir* e a sala de jantar. Inútil perder tempo com isso, parece que a condessa tem um mau gosto deplorável... nenhum bibelô valioso! Portanto, vamos direto ao objetivo... Ah! Eis o traçado de um corredor, do corredor que leva aos quartos. A três metros, devo encontrar a porta do *closet*, que se comunica com o quarto da condessa.

Dobrou a planta, apagou a lanterna e entrou no corredor, contando:

– Um metro... dois metros... três metros... Eis a porta... Como tudo coincide, meu Deus! Um simples trinco, um pequeno trinco me separa do quarto e, como se não bastasse, sei que esse trinco se encontra a um metro e quarenta e três do piso... De maneira que, graças a uma pequena incisão que farei ao redor, nos livraremos dele...

Retirou do bolso as ferramentas necessárias, mas uma ideia o deteve:

– E se por acaso o trinco não estiver fechado? Tentemos... Afinal, não custa nada!

Girou a maçaneta. A porta se abriu.

– É inegável, meu bom Lupin, a sorte está do seu lado. Do que precisa agora? Você conhece a topografia das dependências onde vai operar; conhece o lugar onde a condessa esconde a pérola negra... Por conseguinte, para apoderar-se da pérola negra, basta simplesmente ser mais silencioso que o silêncio e mais invisível que a noite.

Arsène Lupin levou uma boa meia hora para abrir a segunda porta, esta de vidro, que dava para o quarto. Mas o fez com tanta precaução que, mesmo se a condessa não estivesse dormindo, nenhum rangido suspeito a teria sobressaltado.

Conforme as indicações de sua planta, bastava contornar um divã. Isso o levava a uma poltrona, depois a uma pequena mesa próxima à cama. Sobre a mesa, havia uma caixa de papel de carta e, guardada nessa caixa, displicentemente, a pérola negra.

Ele se deitou no tapete e contornou o divã. Nesse ponto, parou para refrear as batidas de seu coração. Apesar de seu destemor, era-lhe impossível vencer a espécie de angústia nervosa que nos invade no silêncio profundo. E isso o surpreendia, pois afinal atravessara imperturbável minutos bem mais solenes. Nenhum perigo o ameaçava. Então por que seu coração batia feito um sino enlouquecido? Era aquela mulher adormecida que o impressionava, aquela vida tão próxima à sua?

Prestou atenção e julgou perceber o ritmo de uma respiração. Sentiu-se reconfortado como se fosse uma presença amiga.

Procurou a poltrona e, com gestos mínimos e imperceptíveis, rastejou até a mesa, tateando a sombra de seu braço estendido. Sua mão direita esbarrou num dos pés da mesa.

Finalmente! Só precisava agora se levantar, pegar a pérola e zarpar dali. Ainda bem! Pois o coração dera para pular dentro do seu peito como um animal acuado, fazendo tanto barulho que lhe parecia impossível a condessa não despertar.

Aplacou-o, com um esforço prodigioso da vontade, porém, no momento em que tentava pôr-se de pé, sua mão esquerda esbarrou num objeto sobre o tapete que ele prontamente identificou como um castiçal, um castiçal derrubado; dali a pouco, outro objeto se apresentou, um relógio, um desses pequenos relógios de viagem que vêm num estojo de couro.

Ei! O que estava acontecendo! Não compreendia. Aquele castiçal... aquele relógio... por que tais objetos não estavam em seu lugar costumeiro? Ah! O que se desenrolava na penumbra assustadora?

Um grito súbito lhe escapou. Tocara... Oh! Que coisa estranha, indescritível! Não, tolice, era o medo que lhe embaralhava as ideias. Durante vinte, trinta segundos, permaneceu imóvel, aterrado, suando nas têmporas. Em seus dedos, a sensação do contato.

Fazendo um esforço sobre-humano, estendeu novamente o braço. Sua mão voltou a roçar na coisa, na coisa estranha e indescritível. Apalpou-a. Exigiu que sua mão a apalpasse e fizesse a constatação. Eram cabelos, um rosto... e aquele rosto estava frio, quase gelado.

Por mais aterradora que seja a realidade, um homem como Arsène Lupin domina-a tão logo dela se compenetra. Acendeu imediatamente a lanterna. À sua frente jazia uma mulher coberta de sangue. Terríveis ferimentos devastavam seu pescoço e ombros. Ele se debruçou e examinou-a. Estava morta.

– Morta, morta – repetiu com estupor.

E observava aqueles olhos vítreos, o esgar da boca, a carne lívida e o sangue, todo aquele sangue que correra para o tapete e agora secava, espesso e escuro.

Levantou-se, acendeu a luz do cômodo e constatou indícios claros de uma luta encarniçada. A cama, inteiramente desfeita; cobertores e lençóis arrancados. No assoalho, o castiçal, o relógio – os ponteiros marcavam onze e vinte –, uma cadeira derrubada adiante e, por toda parte, sangue, poças de sangue.

– E a pérola negra? – ele murmurou.

A caixa de papel de carta permanecia no lugar. Abriu-a nervosamente. O estojo estava lá. Porém, vazio.

"Essa não!" ele pensou. "Gabou-se precocemente da sua sorte, amigo Lupin… A condessa, assassinada, a pérola negra, desaparecida… não é uma situação das mais gloriosas! Melhor dar o fora, caso contrário nos arriscamos a ter de assumir graves responsabilidades."

Não obstante, não se mexeu.

"Dar o fora? Sim, é o que outro qualquer faria. Mas Arsène Lupin? Não haveria uma alternativa? Vamos proceder ordenadamente. Afinal de contas, sua consciência está tranquila… Suponha que você é comissário de polícia e deve realizar uma investigação… Tudo bem, mas para isso cumpre estar com as ideias claras. E as minhas encontram-se num estado!"

Crispando as mãos sobre a testa em brasa, deixou-se cair numa poltrona.

O CASO DA AVENIDA Hoche esteve entre os que mais nos intrigaram nos últimos tempos e decerto eu não o teria relatado se a intervenção de Arsène Lupin não o destacasse com uma luz especialíssima. Poucos suspeitam de tal intervenção. Seja como for, ninguém sabe a verdade completa e pitoresca.

Quem não conhecia, nem que fosse por tê-la visto no Bois, Léontine Zalti, ex-cantora, esposa e viúva do conde d'Andillot, a Zalti cujo luxo deslumbrava Paris vinte anos atrás, condessa d'Andillot, cujos diamantes e pérolas a faziam reputada por toda a Europa? Dizia-se que carregava nos ombros o cofre-forte de diversos estabelecimentos bancários e as minas de ouro de várias companhias australianas. Os grandes joalheiros trabalhavam para a Zalti como se trabalhava antigamente para reis e rainhas.

E quem não se lembra da catástrofe que sorveu todas essas riquezas? Bancos, minas de ouro, o abismo tudo tragou. Da maravilhosa coleção, desmantelada pelo leiloeiro do Estado, restou unicamente a famosa pérola negra. A pérola negra! Isto é, uma fortuna, se um dia a condessa pretendesse desfazer-se dela.

Não quis. Preferiu reduzir o padrão de vida, mudando-se para um simples apartamento com sua aia, sua cozinheira e um criado, a vender aquela joia inestimável. Havia para isso uma razão que ela não se furtava a confessar: a pérola negra fora presente de um imperador! E, quase arruinada, relegada a uma vida medíocre, permaneceu fiel à sua companheira dos belos dias.

– Enquanto eu viver – dizia –, ficarei com ela.

Da manhã à noite, exibia-a no pescoço. À noite, guardava-a num lugar que só ela conhecia.

Todos esses fatos, relembrados pelas gazetas populares, despertaram a curiosidade e – coisa estranha, porém de fácil compreensão para os que detêm a chave do enigma – foi precisamente a captura do presumido assassino que complicou o mistério e prolongou o suspense. Dois dias depois, com efeito, os jornais publicavam a seguinte notícia:

> Chegou ao nosso conhecimento a prisão de Victor Danègre, criado da condessa d'Andillot. As acusações que pesam sobre ele são esmagadoras. Na manga em lustrina do colete de sua libré, que o sr. Dudouis, chefe da Sûreté, encontrou em sua água-furtada, entre o estrado e o colchão, constataram-se manchas de sangue. Nesse colete, ademais, faltava um botão de pano. Ora, logo no início das buscas esse botão fora recolhido debaixo da própria cama da vítima.
>
> É provável que, depois do jantar, em vez de retornar à sua água-furtada, Danègre tenha se esgueirado para dentro do *closet* e, pela porta de vidro, visto a condessa esconder a pérola negra.
>
> Cumpre mencionar que nenhuma prova até aqui veio confirmar tal suposição. Em contrapartida, um outro aspecto permanece obscuro. Às sete horas da manhã, Danègre foi ao quiosque de tabaco do bulevar de Courcelles: tanto a porteira, primeiro, como a dona do quiosque, depois, depuseram nesse sentido. Já a cozinheira da condessa e a aia, que dormiam na ponta do corredor, afirmam que, às oito horas, ao se levantarem, a porta da antecâ-

mara e a porta da cozinha estavam fechadas com duas voltas na fechadura. Há vinte anos trabalhando para a condessa, essas duas senhoras estão acima de qualquer suspeita. A questão é: como Danègre pôde sair do apartamento? Mandara fazer outra chave? O inquérito esclarecerá esses diferentes pontos.

O inquérito não esclareceu rigorosamente nada, ao contrário. Descobriram que Victor Danègre era um reincidente perigoso, alcoólatra e depravado, que não recuava se tivesse de esfaquear alguém. Contudo, à medida que analisavam o caso, este parecia envolver-se em trevas ainda mais espessas e contradições ainda mais inexplicáveis.

Primeiro, uma certa srta. de Sinclèves, prima e herdeira única da vítima, declarou que, um mês antes de morrer, a condessa lhe confidenciara, numa de suas cartas, como procedia para esconder a pérola negra. No dia seguinte àquele em que recebera essa carta, tomava ciência de seu desaparecimento. Quem a roubara?

O casal de porteiros, por sua vez, afirmara ter aberto a porta para um homem que subira ao apartamento do dr. Harel. O médico foi interpelado. Ninguém tocara à sua casa. Então quem era esse homem? Um cúmplice?

A hipótese do cúmplice foi adotada pela imprensa e pelo público. Ganimard, o velho inspetor-chefe, a defendia, não sem razão.

– Tem o dedo de Lupin aí – dizia ele ao juiz.

– Bah! – este retrucava. – O senhor vê Lupin em toda parte.

– Vejo-o em toda parte porque ele está em toda parte.

– O senhor quer dizer que o vê sempre que alguma coisa não lhe parece muito clara. Aliás, a propósito, observe o seguinte: o crime foi cometido às onze e vinte da noite, como atesta o relógio, enquanto a visita noturna, denunciada pelos porteiros, só aconteceu às três da madrugada.

A justiça costuma curvar-se a esses arroubos de convicção, mediante os quais forçamos os fatos a se dobrarem à primeira explicação que lhes damos. Os antecedentes deploráveis de Victor Danègre, reincidente, beberrão e depravado, influenciaram o juiz e, embora nenhuma nova circunstância tivesse vindo reforçar os dois ou três indícios originalmente apontados, nada foi capaz de demovê-lo. Deu o inquérito por concluído. Dali a poucas semanas, o julgamento tinha início.

Os debates foram confusos e cansativos. O juiz dirigiu-os sem ardor. A promotoria pública atacou frouxamente. Sob tais condições, o advogado de Danègre fez o seu jogo. Escancarou as lacunas e impasses da acusação. Não existia nenhuma prova material. Quem confeccionara a chave, a indispensável chave sem a qual Danègre, após sua partida, não poderia ter fechado com duas voltas a porta do apartamento? Quem vira essa chave e o que fora feito dela? Quem vira a faca do assassino e o que fora feito dela?

– Além disso tudo – concluía o advogado –, prove que foi meu cliente que matou. Prove que o autor do roubo e do assassinato não é o misterioso personagem que entrou no prédio às três da manhã. O senhor objeta que o relógio marcava onze horas? E daí? Não seria exequível posicionar os ponteiros de um relógio numa hora conveniente?

Victor Danègre foi absolvido.

Deixou a prisão no fim da tarde de uma sexta-feira, emagrecido, deprimido, após seis meses de reclusão. Os interrogatórios, a solidão, o julgamento, as deliberações do júri, tudo isso lhe infundira um pavor doentio. À noite, era acossado por pesadelos terríveis e visões do cadafalso. Tremia de febre e terror.

Sob o nome de Anatole Dufour, alugou um quartinho nas colinas de Montmartre e viveu de biscates, virando-se como podia.

Triste vida! Contratado três vezes por três patrões diferentes, foi reconhecido e despedido sumariamente.

Muitas vezes percebeu, ou julgou perceber, que homens o seguiam, homens da polícia, não tinha a menor dúvida, pois ela não desistia de empurrá-lo para alguma armadilha. E sentia antecipadamente mãos que lhe apertavam o pescoço.

Uma noite, quando jantava no restaurante do bairro, alguém se instalou defronte dele. Era um indivíduo na casa dos quarenta anos, num redingote preto de asseio duvidoso. Pediu sopa, legumes e um litro de vinho.

Ao sorver a sopa, apontou os olhos para Danègre e o fitou demoradamente.

Danègre empalideceu. Não restava dúvida, o indivíduo era um dos que o vinham seguindo nas últimas semanas. O que poderia querer? Danègre tentou levantar-se. Não conseguiu. Tremiam-lhe as pernas.

O homem serviu-se um copo de vinho e encheu o de Danègre.

– Um brinde, colega?

Victor balbuciou:

– Sim... sim... à sua saúde, colega.

– À sua saúde, Victor Danègre.

O outro sobressaltou-se:

– Eu...! Eu...! Claro que não... juro...

– Jura o quê? Que não é você? O criado da condessa?

– Criado? Meu nome é Dufour. Pergunte ao taberneiro.

– Dufour, Anatole, sim, para o taberneiro, mas, para a justiça, Danègre, Victor Danègre!

– Não é verdade! Não é verdade! Mentiram para o senhor.

O recém-chegado puxou do bolso um cartão e o estendeu. Victor leu: "Grimaudan, ex-inspetor da Sûreté. Informações sigilosas." Ele estremeceu.

– O senhor é da polícia?

– Não sou mais, mas a profissão me agradava e continuei a exercê-la de uma maneira mais… lucrativa. De tempos em tempos desencavamos um caso imperdível… como o seu.

– O meu?

– É, o seu, um caso excepcional, naturalmente se vier a mostrar um pouco de boa vontade.

– E se não vier?

– Precisa fazê-lo. O senhor está numa situação em que não pode me recusar nada.

Uma vaga apreensão invadiu Victor Danègre. Ele perguntou:

– O que é…? Fale.

– Está bem – respondeu o outro –, terminemos com isso. Para ser breve, é o seguinte: fui enviado pela srta. de Sinclèves.

– Sinclèves?

– A herdeira da condessa d'Andillot.

– E daí?

– Pois bem, a srta. de Sinclèves me encarrega de lhe requisitar a pérola negra.

– A pérola negra?

– A que o senhor roubou.

– Mas não a tenho comigo.

– O senhor a tem.

– Se a tivesse, seria eu o assassino.

– O senhor é o assassino.

Danègre forçou uma risadinha.

– Felizmente, meu bom senhor, a corte não foi dessa opinião. Todos os jurados, está me ouvindo?, me inocentaram. E quando temos a consciência a nosso favor e a estima de doze pessoas honestas…

O ex-inspetor agarrou-lhe o braço:

– Sem frases feitas, meu velho. Preste muita atenção e pese minhas palavras, elas compensam o esforço. Três semanas antes do crime, Danègre, você pegou na cozinha a chave que abre a porta de serviço e fez uma cópia no chaveiro Outard, rua Oberkampf, 244.

– Não é verdade, não é verdade – grunhiu Victor –, ninguém viu essa chave… ela não existe.

– Aqui está ela.

Após um silêncio, Grimaudan continuou:

– Você matou a condessa com uma faca retrátil, comprada no bazar da République, no mesmo dia em que encomendava a chave. A lâmina é triangular e possui um friso.

– É um trote, o senhor está chutando. Ninguém viu a faca.

– Aqui está ela.

Victor Danègre fez um gesto de recuo. O ex-inspetor continuou:

– Embaixo dela há manchas de ferrugem. Preciso lhe explicar a procedência?

– E daí…? O senhor tem uma chave e uma faca… Alguém pode afirmar que me pertenciam?

– Em primeiro lugar, o chaveiro, depois, o funcionário que lhe vendeu a faca. Já refresquei a memória deles. Na sua presença, não deixarão de reconhecê-lo.

Falava seca, duramente, com uma precisão implacável. Danègre estava paralisado de medo. Nem o juiz, nem o presidente da corte, nem o advogado-geral o haviam espremido tanto ou enxergado tão claro coisas que ele mesmo não discernia mais.

Ainda assim, tentou fingir indiferença.

– Se as suas provas se resumem a isso!

– Tenho mais uma. Após cometer o crime, você saiu por onde entrou. No meio do *closet*, porém, aterrorizado, foi obrigado a se apoiar na parede para manter o equilíbrio.

– Como sabe? – gaguejou Victor. – Ninguém pode saber uma coisa dessas...

– A justiça, não, não passaria pela cabeça de nenhum desses senhores do Ministério Público acender uma vela e examinar as paredes. Se o fizessem, contudo, veriam no estuque branco uma marca vermelha quase imperceptível, porém nítida o suficiente para nela detectarem a impressão digital da face anterior de seu polegar, de seu polegar ainda úmido de sangue, que você encostou na parede. Ora, não ignora que em antropometria este é um método infalível de identificação.

Victor Danègre estava lívido. Gotas de suor escorriam-lhe da testa. Com olhos de louco, considerava aquele homem estranho, que descrevia seu crime como se tivesse sido sua testemunha invisível.

Baixou a cabeça, vencido, impotente. Nos últimos meses vinha lutando contra o mundo inteiro. Contra aquele homem, sentia não haver nada a fazer.

– Se eu lhe entregar a pérola – balbuciou –, quanto me dará?

– Nada.

– Como assim? É uma piada? Dou uma coisa que vale milhões e não recebo nada em troca?

– Recebe: a vida.

O miserável foi percorrido por um calafrio. Grimaudan acrescentou, num tom quase doce:

– Vamos, Danègre, essa pérola não tem serventia alguma para você. Não conseguirá vendê-la. Para que conservá-la?

– Há receptadores... e mais dia, menos dia, por um preço qualquer...

– Mais dia, menos dia será tarde demais.

– Por quê?

– Por quê? Ora, porque a justiça o terá agarrado e, dessa vez, com as provas que irei fornecer, a faca, a chave, a dica do seu polegar, você está frito, meu velho.

Victor apertou a cabeça com as duas mãos e refletiu. Sentia-se perdido, com efeito, irremediavelmente perdido; ao mesmo tempo, um grande cansaço o invadia, uma necessidade imensa de repouso e recolhimento. Murmurou:

– Quando precisa dela?

– Hoje à noite, antes da uma.

– Senão?

– Senão divulgo uma carta em que a srta. de Sinclèves o denuncia ao procurador da República.

Danègre, virando um copo de vinho atrás do outro, levantou-se e disse:

– Pague a conta e vamos... estou cheio desse caso maldito.

Anoitecera. Os dois homens pegaram a rua Lepic e seguiram por bulevares mais vazios, tomando a direção da Etoile. Caminhavam em silêncio, Victor abatido e recurvado.

No parque Monceau, ele disse:

– Ao lado do prédio...

– Claro! Antes de ser preso, você só saiu para ir ao quiosque de tabaco.

– Chegamos – disse Danègre, com uma voz sumida.

Contornaram a grade do jardim e atravessaram uma rua, na qual destacava-se o quiosque de tabaco. Danègre parou alguns passos adiante. Suas pernas vacilavam. Desabou num banco.

– E então? – perguntou seu companheiro.

– É aqui.

– Aqui! Que história é essa?

– Sim, bem à nossa frente.

– Bem à nossa frente! Ora, vamos, Danègre, não o aconselho...

– Repito que está aqui.

– Onde?

– Entre dois paralelepípedos.

– Quais?

– Procure.

– Quais? – repetiu Grimaudan.

Victor não respondeu.

– Ah, percebo, meu caro, está querendo me fazer de palhaço.

– Não... mas... morrerei à míngua.

– Quer dizer que hesita? Vamos, serei magnânimo. De quanto precisa?

– Do suficiente para comprar uma passagem de segunda classe para os Estados Unidos.

– Fechado.

– E cem francos para as despesas iniciais.

– Terá duzentos. Fale.

– Conte os paralelepípedos à direita do ralo. Está entre o décimo segundo e o décimo terceiro.

– Na sarjeta?

– Sim, junto ao meio-fio.

Grimaudan olhou à sua volta. Bondes circulavam, pessoas transitavam. Azar, quem iria desconfiar...?

Abriu o canivete e o inseriu entre o décimo segundo e o décimo terceiro paralelepípedo.

– E se não estiver aqui?

– Se ninguém me viu abaixar e enterrá-la, continua aí.

Era possível isso? A pérola negra na lama da sarjeta, à disposição do primeiro que aparecesse! A pérola negra... uma fortuna!

– A que profundidade?

– Mais ou menos dez centímetros.

Ele cavou a areia molhada até a ponta de seu canivete bater em alguma coisa. Com os dedos, aumentou o buraco.

Viu a pérola negra.

– Muito bem, aqui estão seus duzentos francos. Eu enviarei a passagem de ida para os Estados Unidos.

No dia seguinte, o *Echo de France* publicava essa notinha, reproduzida pelos jornais do mundo inteiro:

A famosa pérola negra encontra-se desde ontem nas mãos de Arsène Lupin, que a arrancou das mãos do assassino da condessa d'Antillot. Em breve, cópias dessa valiosa joia serão expostas em Londres, São Petersburgo, Calcutá, Buenos Aires e Nova York.

Arsène Lupin aguarda as ofertas que seus agentes lhe queiram transmitir.

– Eis como o crime é sempre castigado e a virtude, recompensada – concluiu Arsène Lupin, ao me revelar os bastidores do caso.

– E como, dizendo-se Grimaudan, ex-inspetor da Sûreté, você foi escolhido pelo destino para arrancar do criminoso o lucro de seu delito.

– Justamente. Confesso que esta é uma das aventuras de que tenho mais orgulho. Os quarenta minutos que passei no apartamento da condessa após constatar seu óbito estão entre os mais assombrosos e profundos da minha vida. Em quarenta minutos, enredado na situação mais inextricável, reconstituí o crime e, baseado em parcos indícios, adquiri a certeza de que o culpado só podia ser um criado da condessa. Por fim, compreendi que, para ter a pérola, era necessário que esse criado fosse preso – e plantei o botão do colete –, mas que não levantassem contra ele provas irrefutáveis de culpa – então recolhi a faca deixada sobre o tapete, levei a chave esquecida na porta, dei duas voltas na fechadura e apaguei os vestígios de dedos no estuque do *closet*. Vejo isso como um lampejo...

– De gênio – completei.

– De gênio, se quiser, e que não teria iluminado o cérebro de qualquer um. Desvendar num piscar de olhos os dois termos do problema – a prisão e a absolvição –, tirar proveito do formidável aparelho judiciário para acuar meu homem, para, em suma, animalizá-lo e deixá-lo num estado de espírito tal que, uma vez livre, devesse, inevitavelmente, fatalmente, cair na arapuca um pouco grosseira que eu lhe estendia...!

– Um pouco? Eu diria muito, pois ele não corria qualquer perigo.

– Oh! Nenhum mesmo, considerando que toda absolvição é definitiva.

– Pobre-diabo...

– Pobre-diabo... Victor Danègre! Não lhe passa pela cabeça que é um assassino? Ele teria recorrido a qualquer imoralidade para conservar a pérola negra consigo. Ele está vivo, pense bem, Danègre está vivo!

– E a pérola negra está com você.

Ele a sacou de um dos bolsos secretos de sua carteira e, acariciando-a com os dedos e os olhos, suspirou:

– Que nababo ou marajá imbecil e vaidoso possuirá este tesouro? A que bilionário americano está destinado o estilhaço de luz e beleza que enfeitava o níveo colo de Léontine Zalti, condessa d'Andillot...?

9. Herlock Sholmes chega tarde demais

– Sua semelhança com Arsène Lupin chega a incomodar, Velmont!

– O senhor o conhece pessoalmente!

– Oh, como todo mundo, só de fotografias, mas elas, apesar de não se parecerem umas com as outras, deixam sempre a impressão de uma fisionomia idêntica... à sua!

Horace Velmont pareceu um pouco sem jeito.

– Não é mesmo, meu caro Devanne? E olhe que o senhor não é o primeiro a me apontar isso.

– E tamanha é a semelhança – insistiu Devanne –, que, se não tivesse sido recomendado pelo meu primo d'Estevan e não fosse o pintor conhecido cujas belas marinhas admiro, pergunto-me se não teria comunicado sua presença em Dieppe à polícia.

O gracejo foi recebido com uma risada generalizada. Estavam presentes, na grande sala de jantar do castelo de Thibermesnil, além de Velmont, o padre Gélis, pároco da aldeia, e uma dúzia de oficiais cujos regimentos manobravam nas cercanias e que tinham aceitado o convite do banqueiro Georges Devanne e de sua mãe. Um deles exclamou:

– Por falar nisso, Arsène Lupin não foi visto no litoral após o famoso assalto ao trem que faz a linha Paris-Havre?

– Exatamente, foi há três meses e, na semana seguinte, no cassino, eu era apresentado ao nosso excelente Velmont, que, depois, fez a gentileza de me honrar com algumas visitas – agradável preâmbulo a uma visita domiciliar mais séria, que ele me fará um dia desses... ou melhor, uma noite!

Após novas gargalhadas, passaram todos à antiga sala da guarda, vasto aposento com altíssimo pé-direito, que ocupa toda a base da Torre Guilherme e onde Georges Devanne reuniu as incomparáveis riquezas acumuladas através dos séculos pelos *sires* de Thibermesnil. Baús e credências, cães de lareira e candelabros compunham a decoração. Magníficas tapeçarias pendiam das paredes de pedra. Os vãos das quatro janelas eram profundos, dotados de bancos, e terminavam em vidraças ogivais com vitrais emoldurados em chumbo. Entre a porta e a janela da esquerda, havia uma estante monumental no estilo Renascença, sobre cujo frontão, em letras douradas, lia-se: "Thibermesnil" e, embaixo, a prepotente divisa da família: "Faz o que desejares."

Enquanto os charutos eram acesos, Devanne prosseguiu:

– Peço apenas um favor, Velmont, seja rápido, pois é a última noite que lhe resta.

– Pode me dizer por quê? – indagou o pintor, que resolvera entrar na brincadeira.

Devanne ia responder, quando sua mãe lhe fez um sinal. Prevaleceram, contudo, o clima efusivo do jantar e o desejo de cativar os convidados.

– Quer saber? – murmurou ele. – Vou falar. A essa altura dos acontecimentos, uma pequena indiscrição não irá nos prejudicar.

Com viva curiosidade, sentaram-se todos à sua volta e Devanne, com o ar satisfeito de quem dá uma notícia bombástica, declarou:

– Amanhã, às quatro horas da tarde, Herlock Sholmes, o grande policial inglês para quem não existe mistério, Herlock Sholmes, o decifrador de enigmas mais conhecido de todos os tempos, o assombroso personagem que parece de ponta a ponta criado pela imaginação de um romancista, Herlock Sholmes será meu hóspede.

Foi um alvoroço. Herlock Sholmes em Thibermesnil? Então era sério? Arsène Lupin circulava mesmo pela região?

– Arsène Lupin e seu bando não estão longe. Se pensarmos no caso do barão Cahorn, a quem atribuir os assaltos de Montigny, Gruchet e Crasville senão ao nosso ladrão nacional? Agora é a minha vez.

– E o senhor foi notificado como o barão Cahorn?

– O mesmo truque não dá certo duas vezes seguidas.

– No seu caso?

– No meu caso, pois bem...

Ele se levantou e apontou o dedo para uma prateleira da estante, para um pequeno espaço vazio entre dois enormes in-fólios:

– Havia aqui um livro, um livro do século XVI, intitulado *Crônica de Thibermesnil*, que era a história do castelo desde sua construção, pelo duque Rollon, sobre as fundações de uma fortaleza feudal. O livro continha três pranchas com gravuras: a primeira era uma vista panorâmica de toda a propriedade; a segunda, a planta das edificações; e a terceira – chamo a atenção dos senhores para isso –, o traçado de um subterrâneo, que parte do exterior da primeira linha de muralhas e termina aqui, sim, exatamente na sala onde estamos. Ora, esse livro desapareceu mês passado.

– Que estranho – disse Velmont –, mau sinal. Embora insuficiente para justificar a intervenção de Herlock Sholmes.

– Aí é que está, insuficiente se não houvesse ocorrido outro fato, que dá peso ao que acabo de contar. Existia um segundo exemplar dessa *Crônica* na Biblioteca Nacional e os dois divergiam não só em certos detalhes relativos ao subterrâneo, por exemplo perfil e escala, como por diversas anotações não impressas, manuscritas e já esmaecidas. Além dessas particularidades, eu sabia que o traçado definitivo só podia ser reconstituído mediante um meticuloso cotejo dos dois mapas. Ora, no dia seguinte ao dia em que meu exemplar desaparecia, o da Biblioteca Nacional era pedido por um leitor, desaparecendo sem que fosse possível determinar as circunstâncias em que o furto se deu.

Tais palavras foram recebidas com espanto.

– Agora o caso ficou sério.

– Tão sério – continuou Devanne – que dessa vez a polícia se sensibilizou e fez uma dupla investigação, mas nada conseguiu descobrir.

– Como em todas aquelas cujo alvo é Arsène Lupin.

– Justamente. Daí a ideia de pedir a colaboração de Herlock Sholmes, que respondeu admitindo o mais vivo desejo de entrar em contato com Arsène Lupin.

– Que glória para Arsène Lupin! – exclamou Velmont. – Mas e se o nosso ladrão nacional, como diz o senhor, não tiver nenhum plano visando Thibermesnil, Herlock Sholmes virá à toa?

– Há uma outra coisa, que irá interessá-lo profundamente: a descoberta do subterrâneo.

– Como assim, o senhor não falou que uma das entradas ficava no campo e a outra, justo nesta sala?

– Onde? Em que ponto da sala? A linha que representa o subterrâneo nos mapas termina efetivamente, de um lado, num pequeno círculo acompanhado de duas maiúsculas, "T.G.", o que sem dúvida significa Torre Guilherme, concorda? Mas a torre é redonda, quem poderia determinar em que ponto da circunferência começa o traçado do desenho?

Devanne acendeu um segundo charuto e serviu-se um cálice de *bénédictine*. Foi bombardeado com perguntas. Ele sorria, satisfeito com o interesse despertado. No fim, declarou:

– O segredo se perdeu. Ninguém no mundo o conhece. Diz a lenda que os poderosos senhores locais o transmitiam de pai para filho no leito de morte, até o dia em que Godofredo, último do nome, teve a cabeça decepada no cadafalso, no 7 Termidor do ano II, em seu décimo nono ano de vida.

– Ora, devem tê-lo procurado ao longo do século...

– Sim, mas em vão. Eu mesmo, quando comprei o castelo do sobrinho-bisneto do convencional Leribourg, ordenei uma varredura. Por quê? Tenham na cabeça que a ponte é a única ligação da torre, cercada de água, com o castelo, de onde se depreende que o subterrâneo passa embaixo do antigo fosso. A planta da Biblioteca Nacional, aliás, mostra uma série de quatro escadas totalizando quarenta e oito degraus, o que indica uma profundidade de mais de dez metros. E a escala, anexada na outra planta, estabelece a distância em duzentos metros. Quer dizer, o problema está todinho aqui, entre este piso, este teto e estas paredes. Mas, francamente, confesso que hesito em demoli-los.

– E não há nenhum testemunho?

– Nenhum.

O padre Gélis objetou:

– Sr. Devanne, cumpre levar em conta duas citações.

– Oh! – exclamou Devanne, rindo –, o sr. pároco é um rato de arquivos, um grande leitor de memórias, e tudo que se reporta a Thibermesnil o apaixona. Mas a explicação a que ele se refere só serve para confundir.

– Duvida de novo?

– E o senhor insiste nisso?

– Imensamente.

– Saibam então que, segundo suas leituras, dois reis de França desvendaram a chave do enigma.

– Dois reis de França!

– Henrique IV e Luís XVI.

– Não são reis comuns. E como o sr. pároco ficou sabendo...?

– Oh, muito simples! – continuou Devanne. – Na antevéspera da batalha de Arques, o rei Henrique IV veio cear e pernoitar no castelo. Às onze horas da noite, Luísa de Tancarville, a mais bela dama da Normandia, foi conduzida até ele através do subterrâneo com a cumplicidade do duque Edgar, que, naquela ocasião, transmitiu-lhe o segredo de família. Tal segredo, Henrique IV confiou-o mais tarde a seu ministro Sully, que narra o episódio em suas *Reais economias do Estado*, sem outro comentário a não ser esta frase incompreensível:

A hélice gira, o rato se mexe, a liberdade abre a asa e alcançamos a Deus.

Houve um silêncio e Velmont gracejou:

– Não é lá muito esclarecedor.

– Concorda comigo? O sr. pároco sustenta ter sido a forma que Sully encontrou para registrar a chave do enigma sem franquear o segredo aos escribas a quem ditava suas memórias.

– Hipótese engenhosa.

– Vá lá, mas o que é a hélice que gira e o rato que se mexe?

– E quem alcança Deus?

– Mistério!

Velmont quis saber mais:

– E Luís XVI, esse bonachão, foi igualmente para receber a visita de uma dama que ele recorreu ao subterrâneo?

– Ignoro. Tudo que podemos afirmar é que, em 1784, Luís XVI hospedou-se em Thibermesnil e que o famoso armário de ferro, encontrado no Louvre após denúncia de Gamain, encerrava um papel com estas palavras de seu punho: "Thibermesnil: 2-6-12."

Horace Velmont deu uma gargalhada:

– Vitória! As trevas se dissipam. Dois vezes seis, doze.

– Ria à vontade, cavalheiro – disse o padre –, nem por isso as duas citações deixam de conter a solução do enigma. Um dia aparecerá alguém capaz de interpretá-las.

– Herlock Sholmes à frente… – opinou Devanne. – A menos que Arsène Lupin tome-lhe a dianteira. O que pensa a respeito, Velmont?

Velmont levantou-se, pôs a mão no ombro de Devanne e declarou:

– Penso que, tanto nos dados fornecidos pelo seu livro como nos da Biblioteca, falta uma informação da mais alta relevância, que o senhor acaba de me oferecer. Agradeço-lhe por isso.

– De maneira que...?

– De maneira que, agora, tendo a hélice girado, o rato se mexido e dois vezes seis, doze, só me resta pôr mãos à obra.

– O quanto antes.

– O quanto antes! Afinal, não devo assaltar seu castelo hoje à noite, isto é, antes da chegada de Herlock Sholmes?

– É verdade, o senhor não tem muito tempo. Quer uma carona?

– Até Dieppe?

– Até Dieppe. Aproveito para na volta trazer o sr. e a sra. d'Androl e uma moça, amiga deles, que chegam no trem da meia-noite.

Dirigindo-se aos oficiais, Devanne acrescentou:

– A propósito, amanhã nos encontraremos aqui para almoçar, combinado, rapazes? Conto muito com os senhores, uma vez que este castelo será cercado por seus regimentos e tomado de assalto ao toque das onze horas.

Convite aceito e despedidas feitas, dali a pouco um automóvel 20-30 Etoile d'Or levava Devanne e Velmont pela estrada de Dieppe. Devanne deixou o pintor em frente ao cassino e seguiu rumo à estação.

À meia-noite, seus amigos desembarcavam do trem. À meia-noite e meia, o automóvel cruzava os portões de Thibermesnil. À uma hora, após uma leve ceia servida no salão, todos se recolheram. As luzes se apagaram gradualmente. O grande silêncio da noite envolveu o castelo.

Um pouco mais tarde, o luar afastou as nuvens que velavam a edificação e, atravessando duas janelas, inundou o salão com uma claridade branca. Isso durou um mero instante. Logo em seguida a lua se escondeu atrás da cortina dos morros. Fez-se a escuridão. O breu acentuou ainda mais o silêncio, rompido apenas, de quando em quando, pelos estalidos dos móveis ou o farfalhar dos juncos no fosso que banhava os velhos muros com suas águas verdes.

O carrilhão debulhava o rosário infinito dos segundos. O relógio deu duas horas. Então os segundos voltaram a cair, apressados e monótonos, na paz enganosa da noite. Soaram três horas.

De repente alguma coisa estalou, como faz, à passagem de um trem, uma sinaleira ferroviária. Um facho luminoso atravessou o salão de ponta a ponta, qual uma flecha que deixasse um rastro cintilante à sua passagem. Ele provinha da canelura central de uma pilastra, na qual se apoiava, à direita, o frontão da estante. Bateu primeiramente no painel oposto, formando um círculo reluzente, passeou em seguida por todos os recantos como um olhar inquieto que tateia a sombra e desaparece para irromper de novo, enquanto uma parte inteira da estante girava sobre o próprio eixo e revelava uma ampla cavidade abobadada.

Um homem entrou, empunhando uma lanterna elétrica. Outro homem e um terceiro apareceram, trazendo um rolo de cordas e diversas ferramentas. O primeiro inspecionou o cômodo, aguçou os ouvidos e disse:

– Chamem os colegas.

Oito desses colegas, galalaus de semblante decidido, brotaram do subterrâneo. Começou a "mudança".

Foi rápido. Arsène Lupin ia de um móvel a outro, examinava-o e, conforme suas dimensões ou valor artístico, concedia-lhe misericórdia ou ordenava:

– Levem!

E o item era levado, tragado pela goela do túnel, despachado para as entranhas da terra.

Assim foram surrupiadas seis poltronas e seis cadeiras Luís XV, tapeçarias de Aubusson, candelabros assinados Gouthière, dois Fragonard, um Nattier, um busto de Houdon, além de estatuetas. Às vezes Lupin se demorava diante de um baú magnífico, ou de um quadro soberbo, e suspirava:

– Pesado demais... grande demais... que pena!

E continuava sua *expertise*.

Em quarenta minutos, o salão foi "desentulhado", segundo a expressão de Arsène. E tudo se desenrolou numa ordem admirável, sem um ruído, como se todos os objetos manipulados por aqueles homens fossem revestidos por uma capa protetora.

Em certo momento, ele disse ao último assecla, que passava trazendo um carrilhão assinado por Boulle.

– Não precisam voltar. Assim que o caminhão estiver carregado, dirijam-se para a fazenda de Roquefort.

– Mas e o senhor, chefe?

– Deixem a motocicleta comigo.

Quando o homem saiu, ele empurrou o painel móvel da estante no sentido oposto e, após suprimir os vestígios da mudança e desfazer as pegadas, ergueu uma portinhola e penetrou numa galeria de passagem entre a torre e o castelo. No meio do caminho, havia uma vitrine, alvo principal das buscas de Arsène Lupin.

Seu conteúdo era fabuloso: uma coleção única de relógios de bolso, cigarreiras, anéis, gargantilhas, além de miniaturas finamente cinzeladas. Forçando o cadeado com um alicate, ele sentiu inenarrável prazer ao tocar naquelas joias de ouro e prata, obras singelas de uma arte tão sutil e delicada.

Lupin trazia a tiracolo um grande saco de lona, confeccionado especialmente para aquelas preciosidades. Encheu-o, assim como os bolsos do paletó, da calça e do colete. Estava fechando seu braço esquerdo sobre uma pilha daquelas retículas de pérolas tão apreciadas por nossos ancestrais, e que a moda atual procura com tanta avidez... quando um leve rumor chamou sua atenção.

Pôs-se a escutar: não estava enganado, o rumor foi ficando mais nítido.

De repente, lembrou: no fim da galeria, uma escada dava acesso a um apartamento até pouco antes vazio, mas que, a partir daquela tarde, fora ocupado pela moça que Devanne buscara em Dieppe, junto com seus amigos d'Androl.

Com um gesto rápido, apertou o botão da lanterna, apagando-a. Assim que alcançou o vão de uma janela, uma porta se abriu no alto da escada e uma tênue claridade iluminou a galeria.

Teve a sensação – pois, atrás de uma cortina, não discernia nada – de que uma pessoa descia os primeiros degraus com precaução. Torceu para que não fosse adiante. Mas ela desceu e adentrou o recinto. Um grito escapou-lhe da boca. Sem dúvida percebera a vitrine quebrada e praticamente vazia.

Pelo perfume, percebeu tratar-se de uma mulher. Com seu vestido quase roçando a cortina que o escondia, ele julgou não só ouvir as batidas de seu coração, mas também que ela adivinhava a presença de outra criatura atrás de si, na penumbra, ao alcance da mão... Pensou: "Ela está com medo... vai embora... é impossível que não vá." Mas não foi. A vela, que tremia em sua mão, firmou-se. Voltando-se, a mulher hesitou um instante e, parecendo auscultar o silêncio apavorante, deu um puxão e abriu a cortina.

Eles se viram.

Transtornado, Arsène murmurou:

– Você... você... senhorita!

Era Miss Nelly.

Miss Nelly! A passageira do transatlântico, que misturara seus sonhos aos do rapaz durante a inesquecível travessia, que presenciara sua captura e que, em vez de traí-lo, optara pelo bonito gesto de lançar ao mar a Kodak em que ele escondera as joias e o dinheiro... Miss Nelly! A adorável e risonha criatura cuja imagem tantas vezes entristecera ou alegrara suas longas horas de cativeiro!

O acaso era tão prodigioso, colocando-os cara a cara naquele castelo, àquela hora da noite, que os dois não se mexiam e não pronunciavam uma palavra, estupefatos, como se hipnotizados pela aparição fantástica que um constituía para o outro.

Atordoada, alquebrada pela emoção, Miss Nelly foi obrigada a sentar-se.

Ele ficou em pé à sua frente. Aos poucos, ao longo de intermináveis segundos, tomou consciência da impressão que devia transmitir naquele instante, com os braços carregados de bibelôs, os bolsos estufados e o saco de lona quase arrebentando de tão cheio. Uma grande confusão o invadiu, e seu rosto ficou vermelho ao se ver assim, na feia posição do ladrão pego em flagrante delito. Para ela, doravante, acontecesse o que acontecesse, seria o ladrão, aquele que enfia a mão no bolso alheio, que ignora as portas e se introduz furtivamente.

Um dos relógios de bolso rolou sobre o tapete, depois outro. Outras coisas, que ele não sabia como segurar, foram escorregando de seus braços. Então, num rompante, deixou parte dos objetos cair na poltrona, esvaziou os bolsos e se desfez do saco.

Sentindo-se mais à vontade diante de Miss Nelly, deu um passo em sua direção com a intenção de lhe dirigir a palavra. Ela, contudo, encolheu-se e, aparentando verdadeiro pavor, levantou-se intempestivamente e correu para o salão. A portinhola fechou atrás de si, ele a seguiu. Uma vez lá, deparou-se com ela, perplexa, trêmula, olhando aterrada o imenso recinto saqueado.

Ele disse imediatamente:

– Amanhã, às três horas, tudo estará de volta ao seu lugar... Os móveis serão devolvidos...

Ela não respondeu e ele repetiu:

– Amanhã, às três horas, é uma questão de honra... Nada no mundo será capaz de impedir que eu cumpra minha promessa... Amanhã, às três horas...

Um longo silêncio desceu sobre eles. Ele não ousava rompê-lo e sofria diante da aflição da moça. Lentamente, sem uma palavra, afastou-se um pouco.

Pensava:

"Por que ela não vai embora…? Está livre! Não precisa ter medo de mim!"

Subitamente, porém, ela estremeceu e balbuciou:

– Atenção… passos… alguém…

Ele fitou-a com espanto. Parecia amedrontada, como se um perigo se aproximasse.

– Não ouço nada – ele disse –, e mesmo que ouvisse…

– Como! Mas precisa… depressa, fuja…

– Fugir… por quê…?

– É preciso… é preciso… Ah! Vá embora…

Impulsivamente, ela correu até a galeria e espreitou. Não, ninguém. O barulho vinha do lado de fora…? Ela esperou um segundo e, mais tranquila, voltou-se.

Arsène Lupin tinha desaparecido.

AO CONSTATAR A PILHAGEM do seu castelo, a primeira coisa que Devanne pensou foi: "Velmont deu o golpe e Velmont é ninguém menos que Arsène Lupin." Tudo se explicava assim, nada se explicava de outra forma. Essa ideia, porém, apenas relampejou em sua mente, de tal forma era inverossímil que Velmont não fosse Velmont, isto é, o pintor conhecido, o colega de clube de seu primo d'Estevan. Quando o sargento de polícia, chamado imediatamente, se apresentou, Devanne nem sequer cogitou aventar hipótese tão absurda.

Aquela manhã foi um vaivém indescritível em Thibermesnil. Os policiais, a guarda campestre, o comissário de polícia de Dieppe, os moradores do lugar, toda essa gente enxameava os corredores, o parque, as cercanias do castelo. A aproximação das tropas em manobra e o retinir dos fuzis faziam a cena ainda mais pitoresca.

As primeiras buscas não encontraram nenhuma pista. Considerando que as janelas não haviam sido quebradas nem as portas arrombadas, a "mudança" logicamente ocorrera pela saída secreta. No entanto, não havia nenhuma pegada no tapete, nenhuma marca insólita nas paredes.

A não ser por um detalhe, implausível, que ilustrava claramente o lado teatral de Arsène Lupin: não só a famosa *Crônica* do século XVI voltara a ocupar seu antigo lugar, como, a seu lado, via-se um livro parecido, que não era outro senão o exemplar desviado da Biblioteca Nacional.

Às onze horas, os oficiais chegaram. Devanne recebeu-os alegremente – sua fortuna permitia-lhe tolerar com leveza todo o dissabor causado pela perda daquelas obras-primas. Seus amigos d'Androl e Nelly desceram.

Feitas as apresentações, notaram a falta de um convidado, Horace Velmont. Será que não viria?

Sua ausência reavivou as suspeitas de Georges Devanne. Meio-dia em ponto, no entanto, ele chegava. Devanne exclamou:

– Já não era sem tempo! Aí está o senhor!

– Não fui pontual?

– Sim, mas poderia não sê-lo... após noite tão conturbada! Já sabe da novidade?

– Qual novidade?

– O senhor assaltou meu castelo.

– Eu o quê?!

– É sério. Mas primeiro ofereça o braço a Miss Underdown e passemos à mesa... Senhorita, permita-me...

Calou-se, perplexo ante o desconforto da moça. Então, subitamente, lembrou:

– É mesmo, é verdade, a senhorita viajou com Arsène Lupin, tempos atrás... antes de sua prisão... Incrível como se parecem, não acha?

Ela não respondeu. À sua frente, Velmont sorria. Ele se inclinou, ela tomou seu braço. Ele a conduziu ao seu lugar e sentou-se diante dela.

Durante o almoço, não se falou de outra coisa: Arsène Lupin, os móveis roubados, o subterrâneo, Herlock Sholmes. Velmont só entrou na conversa ao fim da refeição. Foi divertido e grave, eloquente e espirituoso. Tudo o que ele dizia soava como se fosse dito para encantar a jovem. Mas ela, muito absorta, parecia não ouvi-lo.

O café foi servido no terraço que dá para o pátio interno e, do lado da fachada principal, para o jardim francês. No centro do gramado, a banda do regimento pôs-se a tocar e a multidão de camponeses e soldados espalhou-se pelas aleias do parque.

Nesse momento, Nelly lembrou-se da promessa de Arsène Lupin: "Às três horas tudo estará aqui, prometo."

Às três horas! Os ponteiros do carrilhão que decorava a ala direita marcavam duas e quarenta. Seguia-os involuntariamente, instante após instante. Ao mesmo tempo, olhava para Velmont, que, impassível, oscilava numa confortável cadeira de balanço.

Duas e cinquenta... duas e cinquenta e cinco... um misto de impaciência e angústia sufocava a moça. Seria concebível o milagre acontecer no minuto estipulado, quando castelo, pátio e campo regurgitavam de gente e quando, justamente, o procurador da República e o juiz de instrução realizavam suas diligências?

No entanto... Arsène Lupin prometera com tanta solenidade! Acontecerá como ele disse, ela pensou, rendida a tudo que havia de energia, autoridade e convicção naquele homem. E aquilo não lhe parecia um milagre, e sim um fenômeno natural e inexorável.

Por um segundo seus olhares se cruzaram. Ela corou e desviou o rosto.

Três horas... Uma, duas, três badaladas... Horace Velmont puxou seu relógio, ergueu os olhos para o carrilhão e voltou a guardar o relógio no bolso. Alguns segundos passaram. Subitamente, no centro do gramado, a multidão se abriu para dar passagem a dois coches que acabavam de atravessar o portão do parque, ambos atrelados a parelhas. Eram desses furgões que seguem na rabeira dos regimentos, carregando as malas dos oficiais e os apetrechos dos soldados. Pararam em frente à escadaria. Um sargento-intendente apeou da boleia e solicitou o sr. Devanne.

Devanne acorreu e desceu os degraus. Sob as lonas, viu, cuidadosamente arrumados e acondicionados, seus móveis, quadros e obras de arte.

Às perguntas que lhe fizeram, o intendente respondeu exibindo a ordem que recebera do ajudante de serviço, o qual, por sua vez, pegara na lista de tarefas pela manhã. Em conformidade com a mencionada ordem, a segunda companhia do quarto batalhão deveria providenciar para que o mobiliário deixado na encruzilhada de Halleux, na floresta de Arques, fosse transportado às três horas para a residência do sr. Georges Devanne, proprietário do castelo de Thibermesnil. Assinado: coronel Beauvel.

– Na encruzilhada – acrescentou o sargento –, estava tudo pronto, alinhado no gramado e sob a guarda... dos passantes. Isso me pareceu bizarro, mas, enfim! Ordens são ordens.

Um dos oficiais examinou a assinatura: embora perfeitamente imitada, era falsa.

A música foi interrompida, enquanto os furgões eram esvaziados e os móveis, devolvidos.

Em meio àquela agitação, Nelly viu-se a sós num canto da varanda. Parecia grave e preocupada, às voltas com pensamentos confusos que nem tentava formular. Subitamente, ela percebeu Velmont se aproximando. Quis evitá-lo, mas o ângulo da balaustrada da varanda barrava-lhe a passagem de dois lados e um renque de grandes vasos com arbustos – laranjeiras, loureiros-cor-de-rosa e juncos – restringia suas opções de fuga ao caminho pelo qual o rapaz avançava. Ela não se mexeu. Um raio de sol brincava em seus cabelos dourados, tremeluzido pelas folhas franzinas de um junco. Alguém pronunciou baixinho:

– Cumpri minha promessa de ontem à noite.

Arsène Lupin estava a seu lado e em volta deles não havia ninguém.

Ele repetiu, hesitante, com a voz tímida:

– Cumpri minha promessa de ontem à noite.

Esperava uma palavra de gratidão, quando não um gesto, uma prova do interesse que ela atribuía a seu ato. Miss Nelly se calou.

Aquele desprezo irritou Arsène Lupin. Ao mesmo tempo, tomava consciência de tudo que o separava de Nelly, agora que ela sabia a verdade. Queria desculpar-se, apresentar justificativas, mostrar sua vida no que ela tinha de audacioso e grande. Mas as palavras o feriam antes de saírem e ele percebia o absurdo e a insolência de qualquer explicação. Invadido por uma onda de recordações, murmurou tristemente:

– Como vai longe o passado! Lembra-se das longas horas no convés do *Provence*? Ah! Veja só... como hoje, a senhorita tinha uma rosa na mão, uma rosa desbotada como essa... Solicitei-a... a senhorita se fez de desentendida... No entanto, após sua partida, encontrei a rosa... sem dúvida esquecida... Guardei-a...

Ela continuava sem responder. Parecia a léguas de distância. Ele continuou:

– Por nossas boas lembranças de antes, não pense no que sabe. Lance uma ponte entre o passado e o presente! Que eu não seja aquele que a senhorita viu ontem à noite, e sim o de antigamente, e que seus olhos me olhem, nem que seja por um segundo, como me olhavam antes... É o que lhe peço... Não continuo o mesmo?

Ela ergueu os olhos, como ele pedia, e o fitou. Então, sem uma palavra, pôs o dedo sobre um anel que ele portava no indicador. Dele, só o aro era visível, mas o engaste, voltado para dentro, consistia num magnífico rubi.

Arsène Lupin corou. Aquele anel pertencia a Georges Devanne.

Sorriu com amargura.

– Tem razão. O que foi sempre será. Arsène Lupin não é e não pode ser senão Arsène Lupin. Entre a senhorita e eu não pode existir senão uma recordação... Perdoe-me... Eu deveria ter compreendido que, por si só, minha presença junto à senhorita já é um insulto...

Encolheu-se junto à balaustrada, com o chapéu na mão. Nelly passou diante dele. Ele sentiu-se tentado a retê-la, a implorar. Faltou-lhe coragem e, como no remoto dia em que ela atravessara a passarela no cais de Nova York, limitou-se a segui-la com os olhos. Ela subiu os degraus que davam acesso à porta. Sua esguia silhueta se desenhou entre os mármores do vestíbulo ainda por um instante. Ele a perdeu de vista.

Uma nuvem tapou o sol. Imóvel, Arsène Lupin contemplava as pegadas deixadas na areia. De repente, estremeceu: sobre a cadeira de vime em que Nelly se recostava jazia a rosa, a rosa desbotada que ele não ousara lhe pedir... Esquecida também? Voluntariamente ou por distração?

Recolheu-a com ardor. Pétalas se soltaram. Recuperou-as uma por uma, como se fossem relíquias.

– Vamos – pensou –, não tenho mais nada a fazer aqui. Ainda mais que, se Herlock Sholmes meter o bedelho, a coisa pode complicar...

A não ser por um grupo de policiais estacionado junto ao pavilhão defronte à entrada, o parque estava deserto. Embrenhando-se no mato, ele escalou a muralha externa e, para chegar à estação ferroviária mais próxima, pegou um atalho que serpenteava entre os campos. Não andara dez minutos quando o caminho se estreitou, espremendo-se entre dois barrancos, e, no momento em que ele adentrava esse desfiladeiro, alguém enveredou por ali também, vindo na direção oposta.

Era um homem de quase cinquenta anos, forte, rosto bem escanhoado, cuja indumentária denunciava o estrangeiro. Tinha uma pesada bengala na mão e um embornal a tiracolo.

Cruzaram-se. Com um sotaque inglês quase imperceptível, o estrangeiro perguntou:

– Perdão, cavalheiro... esta é de fato a estrada do castelo?

– Sempre reto, cavalheiro, dobrando à esquerda assim que chegar ao pé do muro. O senhor é aguardado com impaciência.

– Não me diga!

– Sim, ontem à noite meu amigo Devanne nos comunicou sua visita.

– Pior para ele se fala demais.

– É uma satisfação ser o primeiro a cumprimentá-lo. Herlock Sholmes não tem admirador mais fervoroso.

Percebia-se em sua voz um imperceptível laivo de ironia, de que logo se arrependeu, pois Herlock Sholmes o considerou dos pés à cabeça com um olhar tão envolvente e perspicaz que Arsène Lupin teve a impressão de ser flagrado, capturado, registrado por aquele olhar, mais detalhada e visceralmente do que jamais o fora por qualquer câmera fotográfica.

"A foto foi batida", ele pensou. "Não vale mais a pena me disfarçar como estou. Só me pergunto uma coisa... será que me reconheceu?"

Cumprimentaram-se. Nesse ínterim, ouviram um rumor de passos, de cavalos caracolando em meio ao retinir dos arreios. Eram os policiais. Os dois homens foram obrigados a se encolher junto ao barranco, no capinzal, a fim de abrir espaço. Os policiais passaram e, como seguiam a certa distância um do outro, isso demorou bastante.

Lupin pensava:

"Tudo depende da resposta à pergunta: ele me reconheceu? Em caso afirmativo, há grandes chances de ele explorar a situação. A dúvida é angustiante."

Quando o último cavaleiro passou, Herlock Sholmes se levantou e, sem uma palavra, espanou a poeira da roupa. A correia de seu embornal havia agarrado num galho cheio de espinhos. Arsène Lupin foi gentil. Estudaram-se mais um segundo. Se alguém os surpreendesse naquele instante, assistiria a um espetáculo eloquente: o primeiro encontro de dois mestres, ambos verdadeiramente superiores e, por suas aptidões especiais, fadados a colidir como duas forças iguais que a ordem das coisas empurra uma contra a outra.

Então o inglês disse:

– Obrigado, cavalheiro.

– Inteiramente a seu dispor – respondeu Lupin.

Despediram-se. Lupin rumou para a estação, Herlock Sholmes para o castelo.

Sem apurar nada, o juiz de instrução e o procurador haviam partido. Herlock Sholmes era esperado com a curiosidade que sua grande reputação despertava. Destoando profundamente da imagem que faziam dele, seu aspecto de burguês pacato decepcionou um pouco. Não tinha nada do herói de romance, do personagem enigmático e diabólico que a ideia de Herlock Sholmes evoca. Mesmo assim, Devanne recebeu-o com efusão:

– Até que enfim, mestre, o senhor! Que satisfação! Fazia tempo que o esperava… Sinto-me quase feliz por tudo que aconteceu, pois me proporcionou o prazer de conhecê-lo. Mas, a propósito, como veio?

– De trem.

– Pena! Pois eu havia mandado meu automóvel para o cais.

– Uma chegada oficial, não é? Com tambor e música. Excelente meio de me facilitar a tarefa – resmungou o inglês.

Aquele tom pouco entusiástico desconcertou Devanne, que, esforçando-se em agradar, continuou:

– A tarefa, felizmente, é mais fácil do que eu lhe escrevera.

– E por quê?

– Porque a pilhagem aconteceu ontem à noite.

– Se não tivesse anunciado minha visita, senhor, é provável que a pilhagem não tivesse acontecido.

– Quando então?

– Amanhã ou outro dia qualquer.

– Nesse caso…?

– Lupin teria caído na armadilha.

– E meus móveis?

– Não teriam sido levados.

– Os móveis estão aqui.

– Aqui?

– Foram trazidos de volta às três horas.

– Por Lupin?

– Por dois furgões militares.

Herlock Sholmes enfiou acintosamente o chapéu na cabeça e ajeitou o embornal. Devanne exclamou:

– O que faz, senhor?

– Vou-me embora.

– E por quê?

– Seus móveis estão aqui, Arsène Lupin está longe. Minha missão terminou.

– Mas sua colaboração é imprescindível, caro senhor. O que aconteceu ontem pode se repetir amanhã, uma vez que o mais importante ignoramos: como Arsène Lupin entrou, como saiu, e por que, horas mais tarde, procedeu a essa devolução.

– Ah! O senhor ignora...

A ideia de um mistério a ser desvendado amaciou Herlock Sholmes.

– Muito bem, investiguemos. Mas temos de ser rápidos e, na medida do possível, agir sozinhos.

A frase destinava-se claramente aos demais presentes. Devanne compreendeu e introduziu o inglês no salão. Num tom seco, com frases lacônicas que pareciam calculadas, e com muita parcimônia!, Sholmes lhe fez perguntas sobre a noite da véspera, os convidados, os frequentadores do castelo. Em seguida, após examinar os dois volumes da *Crônica* e comparar os mapas do subterrâneo, pediu que lhe repetissem as citações garimpadas pelo padre Gélis e perguntou:

– Foi de fato ontem a primeira vez que os senhores se referiram a essas duas citações?

– Ontem.

– Nunca as haviam mencionado na frente do sr. Horace Velmont?

– Nunca.

– Muito bem. Chame seu automóvel. Parto dentro de uma hora.

– Uma hora!

– Arsène Lupin não levou mais do que isso para resolver o problema que o senhor lhe apresentou.

– Eu...! Eu apresentei...

– Claro que sim! Arsène Lupin e Velmont são a mesma coisa.

– Bem que eu desconfiava... Ah! Patife!

– Veja bem, ontem, às dez horas da noite, o senhor forneceu a Lupin os elementos que faltavam e que ele procurara durante as últimas semanas. No correr da noite, Lupin achou tempo para resolver o enigma, juntar o bando e saqueá-lo. Pretendo ser tão veloz quanto ele.

Andou de uma ponta à outra do recinto, refletindo, sentou-se, cruzou suas pernas compridas e fechou os olhos.

Devanne esperou, bastante embaraçado.

"Estará dormindo? Pensando?"

Por via das dúvidas, saiu para dar ordens. Quando voltou, avistou-o ao pé da escada da galeria, de joelhos, examinando o tapete.

– O que descobriu?

– Olhe… aqui… esses resíduos de vela…

– Puxa, é mesmo… e bem frescos…

– Pode observá-los igualmente no topo da escada e também junto à vitrine que Arsène Lupin arrombou, da qual retirou os bibelôs para largá-los sobre esta poltrona.

– E disso o senhor conclui…?

– Nada. Esses fatos reunidos, sem dúvida, explicam a devolução que ele operou. Mas esse é um lado da questão que não tenho tempo de abordar. O essencial é o traçado do subterrâneo.

– Continua com esperança…

– Não se trata de esperança, eu sei. Não existe uma capela a duzentos ou trezentos metros do castelo?

– Uma capela em ruínas, onde se encontra o túmulo do duque Rollon.

– Diga ao seu motorista que nos espere junto a essa capela.

– Meu motorista ainda não voltou… Vão me avisar… Mas, pelo que vejo, o senhor presume que o subterrâneo dê acesso à capela. Qual indício…

Herlock Sholmes interrompeu-o:

– Eu lhe pediria que me providenciasse uma escada e uma lanterna, cavalheiro.

– Ah! Precisa de uma lanterna e de uma escada?

– Aparentemente, uma vez que as estou pedindo.

Devanne, um tanto constrangido, acionou a campainha. Os dois objetos foram trazidos.

As ordens então se sucederam com o rigor e a precisão dos comandos militares.

– Apoiem essa escada na estante, à esquerda da palavra Thibermesnil…

Devanne ergueu a escada e o inglês continuou:

– Mais à esquerda… à direita… Pare! Suba… Aí… Todas as letras dessa palavra são em alto-relevo, certo?

– Sim.

– Ocupemo-nos da letra H. Ela gira nos dois sentidos?

Devanne pegou a letra H e exclamou:

– Sim, sim, gira! Para a direita, um quarto de círculo! Quem lhe contou isso…?

Sem responder, Herlock Sholmes prosseguiu:

– Consegue, de onde está, alcançar a letra R? Sim… Sacuda-a várias vezes, como o senhor faria puxando e empurrando um trinco.

Devanne sacudiu a letra R. Para sua grande estupefação, alguma coisa disparou internamente.

– Perfeito – disse Herlock Sholmes. – Só nos resta deslizar a escada até a outra ponta, isto é, para o fim da palavra Thibermesnil... Aí... Agora, se eu não estiver enganado, se as coisas acontecerem como previsto, a letra L se abrirá, junto com uma aba da estante.

Com certa solenidade, Devanne agarrou a letra L. Ela se abriu, mas Devanne despencou da escada, pois toda a parte da estante situada entre a primeira e a última letra da palavra, girando sobre si mesma, revelou a entrada do subterrâneo.

Fleumático, Herlock Sholmes indagou:

– Machucou-se?

– Não, não – respondeu Devanne, levantando-se –, estou ileso, mas atônito, confesso... essas letras rodando... esse subterrâneo escancarado...

– E daí? Não bate com a citação de Sully?

– Em que aspecto, senhor?

– Elementar! O H de hélice gira, o R de rato se mexe e o L de liberdade abre a asa... foi isso que permitiu a Henrique IV receber a srta. de Tancarville em hora tão insólita.

– Mas e Luís XVI? – perguntou Devanne, pasmo.

– Luís XVI era um grande serralheiro e um talentoso chaveiro. Li um *Tratado das fechaduras com segredo* a ele atribuído. Da parte de Thibermesnil, mostrar ao soberano essa obra-prima da mecânica era um gesto de bom cortesão. Para decorar, o rei escreveu: 2-6-12, isto é, H.R.L., a segunda, a sexta e a décima segunda letra do nome.

– Ah, perfeito, começo a perceber... Com uma ressalva, porém... Se entendo como se sai desta sala, não entendo como Lupin pôde entrar nela. Pois, note bem, ele vinha de fora.

Herlock Sholmes acendeu a lanterna e avançou alguns passos dentro do subterrâneo.

– Observe, todo o mecanismo deste lado é aparente como a engrenagem de um relógio e todas as letras se encontram invertidas. Logo, Lupin só precisou acioná-las deste lado da divisória.

– Que provas tem disso?

– Provas? Veja essa poça de óleo. Lupin previu inclusive que as engrenagens iriam precisar de graxa – disse Herlock Sholmes, com uma ponta de admiração.

– Mas então ele conhecia a outra saída?

– Assim como eu. Siga-me.

– Pelo subterrâneo?

– Tem medo?

– Não, mas tem certeza de que sabe o caminho?

– De olhos fechados.

Desceram primeiro doze degraus, depois outros doze, e novamente duas vezes mais doze. Em seguida, enveredaram por um longo corredor, cujas paredes de tijolos carregavam a marca de sucessivas restaurações e apresentavam infiltrações em determinados pontos. O chão era úmido.

– Estamos passando sob o fosso – observou Devanne, nada sossegado.

O corredor levou a uma escada de doze degraus, seguida por outras três escadas de doze degraus, que eles subiram com dificuldade, desembocando numa cripta cavada na própria rocha. O caminho se interrompia naquele ponto.

– Diabos – murmurou Herlock Sholmes –, nada além de paredes nuas, isso é constrangedor.

– E se voltássemos? – murmurou Devanne. – Afinal, não vejo a mínima necessidade de aprofundar a questão. Estou mais que satisfeito.

Nesse momento, olhando para o alto, o inglês deu um suspiro de alívio: acima deles repetia-se o mesmo mecanismo da entrada. Ele só precisou manejar as três letras. Um bloco de granito se mexeu. Do outro lado, situava-se o sepulcro do duque Rollon, com as doze letras gravadas em relevo: "Thibermesnil". E eles chegaram à capelinha em ruínas que o inglês designara.

– Assim alcançamos Deus, isto é, a capela – ele disse, repetindo a citação.

– Será possível – exclamou Devanne, confundido pela clarividência e o dinamismo de Herlock Sholmes – que essa simples indicação lhe tenha bastado?

– Bah! – fez o inglês. – Era inclusive desnecessária. No exemplar da Biblioteca Nacional, o traçado termina à esquerda, o senhor sabe, num círculo, e à direita, o senhor ignora, numa pequena cruz, mas tão esmaecida que só pode ser vista com lupa. Essa cruz, evidentemente, representa a capela onde estamos.

O pobre Devanne não acreditava no que ouvia.

– É inaudito, miraculoso e, no entanto, de uma simplicidade infantil! Como ninguém jamais desvendou esse mistério?

– Porque ninguém jamais reuniu os três ou quatro elementos necessários, isto é, os dois livros e as citações... Ninguém, exceto Arsène Lupin e eu.

– E eu também – objetou Devanne –, bem como o padre Gélis... Ambos sabíamos, assim como o senhor, e contudo...

Sholmes sorriu.

– Sr. Devanne, nem todo mundo é apto a decifrar enigmas.

– Mas já faz dez anos que procuro. E o senhor, em dez minutos...

– Bah! É o hábito...

Saíram da capela e o inglês exclamou:

– Que ótimo, um automóvel à nossa espera!

– É o meu!

– O seu? Mas eu achava que o motorista não tinha voltado.

– Com efeito... e me pergunto...

Avançaram até o carro e Devanne indagou do motorista:

– Quem lhe deu ordens para vir até aqui, Edouard?

– Ora – respondeu o homem –, foi o sr. Velmont.

– O sr. Velmont? Então esteve com ele?

– Próximo à estação. Ele me pediu que viesse para a capela.

– Para a capela? Por quê?

– Para esperar o senhor... e o seu amigo...

Devanne e Herlock Sholmes entreolharam-se. Devanne sentenciou:

– Ele compreendeu que resolver o enigma, para o senhor, seria uma brincadeira. É uma gentil homenagem.

Um sorriso de contentamento vincou os lábios finos do detetive. A homenagem lhe agradara. Ele declarou, balançando a cabeça:

– É um homem e tanto. Bastou vê-lo, aliás, para constatar.

– Então o viu?

– Ainda há pouco, passamos um pelo outro.

– E o senhor sabia que era Horace Velmont, quer dizer, Arsène Lupin?

– Não, mas não demorei a pressentir... em função de certa ironia de sua parte.

– E o deixou escapar?

– Pois veja o senhor... e olhe que eu estava bem amparado... cinco policiais iam passando.

– Por Deus! E não aproveitou a oportunidade única...

– Justamente, senhor – respondeu o inglês, altivamente. – Quando se trata de um adversário como Arsène Lupin, Herlock Sholmes não aproveita oportunidades... ele as engendra...

Eles estavam com pressa e, uma vez que o simpático Lupin tivera a delicadeza de mandar o automóvel, não se fizeram de rogados. Devanne e Herlock Sholmes instalaram-se no banco de trás da confortável limusine. Edouard rodou a manivela e partiram. Campos e bosques desfilaram. As macias ondulações da região de Caux aplainaram-se à sua frente. Subitamente, os olhos de Devanne foram atraídos por um pequeno embrulho no porta-luvas.

– Ei, o que é isso? Um embrulho! Para quem será? É para o senhor.

– Para mim?

– Leia: "Ao sr. Herlock Sholmes, da parte de Arsène Lupin."

O inglês pegou o embrulho, desatou o barbante, retirou as duas folhas de papel que o envolviam. Era um relógio.

– O quê?! – ele disse, adicionando um gesto de cólera a essa exclamação…

– Um relógio – disse Devanne –, por acaso seria…

O inglês não respondeu.

– Caramba! É o seu relógio! Arsène está lhe devolvendo seu relógio. Mas se o está devolvendo é porque o havia furtado… Ele surrupiara seu relógio! Ah, essa é boa, o relógio de Herlock Sholmes afanado por Arsène Lupin! É hilário. Não, sério… o senhor vai me desculpar… porém é mais forte que eu.

Tendo rido o suficiente, afirmou com convicção:

– Oh, não há dúvida, é um homem e tanto!

O inglês permaneceu impassível. Até Dieppe, não pronunciou uma única palavra, os olhos cravados no espaço fugidio.

Foi um silêncio terrível, insondável, veemente como nem a raiva mais feroz seria. No cais, já sem raiva, mas num tom que expressava toda a vontade e energia do personagem, disse apenas:

– Sim, é um homem e tanto, e um homem sobre cujo ombro eu terei o prazer de deitar esta mão que lhe estendo, sr. Devanne. Algo me diz, veja bem, que Arsène Lupin e Herlock Sholmes se encontrarão novamente, mais dia, menos dia... Sim, o mundo é pequeno demais para que não se encontrem... e nesse dia...

Posfácio

Quem é Arsène Lupin?

Por Maurice Leblanc

Como nasceu Arsène Lupin?

Foi toda uma série de circunstâncias. Não só não matutei um dia, "Vou criar um tipo de aventureiro que terá tais e tais características", como inclusive não me dei conta imediatamente da importância que ele poderia vir a ter na minha obra.

Na época, eu estava preso a um círculo de romances de costumes e aventuras sentimentais que me tinham proporcionado certo sucesso e colaborava de maneira assídua na *Gil Blas*.

Um dia, Pierre Lafitte,* a quem eu era muito ligado, me pediu um novo conto de aventuras para o primeiro número de *Je Sais Tout*, que ele iria lançar. Eu ainda não tinha escrito nada no gênero e me sentia superatrapalhado em tal incursão.

Um mês depois eu enviava a Pierre Lafitte uma história em que o passageiro de um transatlântico da linha Havre-Nova York conta que o navio recebe, em alto-mar e em meio a uma tempestade, um cabograma comunicando a presença a bordo

---

* Pierre Antoine Baptiste René Lafitte (1872-1938), a quem é dedicado *O ladrão de casaca*, foi um importante jornalista e editor francês.

do célebre salteador Arsène Lupin, que viaja sob o nome falso de R... Nesse momento, a tempestade corta a comunicação. Desnecessário dizer que a notícia deixa todo o transatlântico em alvoroço. Começam a acontecer roubos. Todos os passageiros cujos nomes começam com R são objeto de suspeita. E é somente ao término da viagem que Arsène Lupin é identificado. Ele não passava do próprio narrador da história, mas como seu relato era constituído de uma maneira toda objetiva, nenhum dos leitores, ao que parece, pensara um instante sequer em dirigir suas suspeitas contra ele.

A história repercutiu. No entanto, quando Lafitte me pediu para fazer uma continuação, recusei: naquele momento, os romances policiais e de mistério eram muito malvistos na França.

Resisti durante seis meses, mas, apesar de tudo, meu espírito trabalhava. Ou melhor, Lafitte insistia, e, quando eu chamava sua atenção para o fato de que no fim do meu conto eu descartara qualquer desdobramento posterior, jogando meu personagem na cadeia, ele me respondia tranquilamente:

– Não seja por isso... é só ele fugir!

Houve então um segundo episódio, em que Arsène Lupin continuava a dirigir suas "operações" de dentro da cela; depois, um terceiro, no qual ele se evadia. No caso desse último, tive a consciência de ir consultar o chefe da Sûreté. Ele me recebeu muito amavelmente e se ofereceu para rever meu original...

o qual me foi devolvido uma semana depois, com seu cartão e sem nenhum comentário... ele deve ter achado aquela fuga completamente impossível!

E desde então sou prisioneiro de Arsène Lupin! A Inglaterra foi a primeira a traduzir suas aventuras, depois os Estados Unidos, e agora elas correm o mundo.

O epíteto "Arsène Lupin, ladrão de casaca" só me ocorreu quando eu quis reunir em volume os primeiros contos e precisei forjar um título geral.

Um dos elementos de renovação mais eficazes no caso das aventuras de Arsène Lupin foi a luta que o fiz travar contra Sherlock Holmes, travestido em Herlock Sholmes. Afirmo, contudo, que Conan Doyle não me influenciou em nada, pela simples razão de que eu ainda não havia lido nada de sua lavra quando criei Arsène Lupin.

Os autores que puderam me influenciar são antes os das minhas leituras de menino: Fenimore Cooper, Assolant, Gaboriau e, mais tarde, Balzac, cujo Vautrin me impressionara muito. Mas aquele a quem mais devo, e em inúmeros aspectos, é Edgar Allan Poe. Suas obras, a meu ver, são os clássicos da aventura policial e da aventura misteriosa. Os que se dedicaram ao gênero não fizeram senão repetir sua fórmula... na medida em que podemos falar de repetir a fórmula de um gênio! Pois ele sabia, e ninguém nunca mais tentou isso desde então, criar uma atmosfera patética em torno de seu tema.

A propósito, os que o sucederam geralmente não o seguiram nestes dois caminhos: mistério e policial, enveredando o mais das vezes pelo segundo. Por exemplo, Gaboriau, Conan Doyle e toda a literatura que eles inspiraram na França e na Inglaterra.

No meu caso, não procurei me especializar; todas as minhas obras policiais são romances de mistério, todas as minhas obras de mistério são romances policiais. Devo dizer inclusive que é meu próprio personagem que me conduz a isso.

A situação, com efeito, não é a mesma se o personagem central encarna o bandido ou o detetive. Quando é o detetive, o interesse reside em que o leitor nunca sabe aonde vai, pois acompanha o detetive que se encontra face ao desconhecido. Ao contrário, quando a narrativa gira em torno do bandido, conhecemos de antemão o culpado, uma vez que é justamente ele.

Por outro lado, fui obrigado a fazer de Arsène Lupin um herói dúbio, um homem que é ao mesmo tempo um bandido e um rapaz simpático (pois não existe herói de romance que não seja simpático). Convinha então acrescentar à minha história um elemento humano para fazer seus assaltos serem aceitos como coisas bastante desculpáveis, quando não naturais. Em primeiro lugar, ele rouba muito mais por prazer do que por ganância. Em seguida, não depena nunca as pessoas simpáticas. Mostra-se inclusive às vezes muito generoso. Por fim, suas façanhas desonestas não raro são parcialmente explicadas por impulsos sentimentais, que lhe dão a oportunidade de dar provas de bravura, devoção e espírito cavalheiresco.

Em Conan Doyle, Sherlock Holmes é movido unicamente pelo desejo de resolver enigmas, e só interessa ao público pelos meios que emprega para ser bem-sucedido. Arsène Lupin, ao contrário, está constantemente misturado a incidentes que, quase sempre, caem-lhe em cima da cabeça sem que ele saiba sequer por quê, e dos quais deve safar-se com honra… isto é, um pouco mais rico do que antes. Ele também se lança em aventuras para descobrir a verdade: só que ele se apropria dessa verdade.

Isso não significa, aliás, que ele pose como inimigo da sociedade. Ao contrário, diz a seu próprio respeito: "Sou um bom burguês… Se roubassem meu relógio de pulso, eu gritaria 'pega ladrão'." É, portanto, por gosto, sociável e conservador. Entretanto, essa ordem que ele julga necessária, que inclusive aprova, seu instinto o leva incessantemente a subverter. São seus notáveis dons de "expropriador" que o levam fatalmente a ser desonesto.

Mas há, em suas aventuras, outro elemento de interesse significativo e que me parecer ter o mérito da originalidade. Não me dei conta disso imediatamente. Aliás, em literatura, nunca planejamos o que devemos fazer: o que vem de nós se forma dentro de nós e é frequentemente uma revelação para nós mesmos. Trata-se, no caso de Arsène Lupin, do interesse que apresenta a ligação do presente, no que tem de mais moderno, com o passado, sobretudo histórico ou mesmo lendário. Não se trata de reconstituir acontecimentos de antigamente romanceando-os, como em Alexandre Dumas, mas de descobrir a solução de problemas muito antigos. Arsène Lupin está constantemente envolvido em tais mistérios pelo gosto que tem por esse tipo de investigação.

Daí esta série de aventuras de Arsène Lupin, nas quais, se os fatos são contemporâneos, o enigma é histórico. Por exemplo, em *A ilha dos trinta ataúdes* trata-se de um rochedo cercado por trinta recifes. É conhecida como Pedra dos Reis da Boêmia, mas ninguém sabe por quê. A tradição diz apenas que antigamente doentes eram levados para aquela pedra e se curavam. Arsène Lupin descobre que um navio que atracava nesse rochedo da Boêmia naufragou na época dos druidas, e os milagres que circulavam eram devidos ao rádio contido nessa pedra (sabemos, com efeito, que a Boêmia é a maior produtora deste elemento químico).

Um romance de aventuras policiais, erguido sobre tais bases, eleva necessariamente o tema; e esta é uma das razões, imagino, que contribuíram para tornar popular e cativante a personalidade desse Dom Quixote sem-vergonha que é Arsène Lupin.

Le Petit Var, sábado, 11 de novembro de 1933

Cronologia

Vida e obra de Maurice Leblanc

1864 | 11 nov: Nasce Maurice Marie-Émile Leblanc em Rouen, Normandia, França. Filho de Émile Leblanc, rico empresário da construção naval e do setor têxtil, e Mathilde Blanche, herdeira de uma tradicional família normanda, é criado num ambiente de grande admiração por toda forma de arte.

1869 | 8 fev: Nascimento de Georgette Leblanc, irmã de Maurice, futura cantora e atriz de sucesso na França.

1870: Em meio à guerra franco-prussiana, Émile Leblanc envia o filho para a Escócia.

1871: Maurice retorna a Rouen.

1871-88: É educado entre França, Alemanha e Itália.

1888: Com o objetivo de se dedicar integralmente à escrita, abandona a faculdade de Direito e o emprego na empresa do pai e muda-se para Paris, onde passa a trabalhar como jornalista para diversos periódicos. Paralelamente, escreve contos, romances e peças teatrais.

1889: Casa-se com Marie-Ernestine Lalanne. O casal terá uma filha, Marie-Louise.

1890: Lançamento de *Des couples* [*Casais*], seu primeiro livro. Autor prolífico, ao longo da vida irá publicar mais de sessenta livros, traduzidos para diversos idiomas.

1893: Lança o romance psicológico *Une femme* [*Uma mulher*].

1895: Separa-se de Marie-Ernestine Lalanne.

1901: Publica o romance autobiográfico *L'Enthousiasme* [*O entusiasmo*] e integra definitivamente o círculo literário parisiense.

1905: Recebe convite do editor Pierre Lafitte para escrever uma novela policial para a revista francesa *Je Sais Tout*. | **15 jul:** Diante da insistência de Lafitte, lança então "A detenção de Arsène Lupin", primeira aventura do anti-herói que mais tarde será imortalizado como seu principal personagem. Com o sucesso da publicação, Lafitte incentiva Leblanc a escrever mais histórias sobre Lupin. O escritor segue o conselho do amigo e, ao longo das décadas seguintes, fará de Arsène Lupin protagonista de quinze romances, três novelas, 38 contos e quatro peças de teatro, além de dois romances publicados postumamente.

1907 | 10 jun: Publicação de *Arsène Lupin, o ladrão de casaca*, livro reunindo as nove primeiras aventuras de Arsène Lupin, veiculadas no ano anterior pela *Je Sais Tout*. Reedição de *Une femme*.

1908 | 10 fev: Publica a coletânea *Arsène Lupin contra Herlock Sholmes*, com dois contos: "A dama loura" e "A lâmpada judaica".

1909: Sai em formato de livro o romance *A agulha oca*, que, assim como *Arsène Lupin, o ladrão de casaca* e *Arsène Lupin contra Herlock Sholmes*, foi originalmente publicado como folhetim.

1910: Mais um da série de aventuras de Arsène Lupin: *813*. Última aparição de Herlock Sholmes, é considerado por muitos de seus leitores o melhor livro protagonizado por Lupin. Na obra, o ladrão de casaca é acusado de assassinato e tenta provar sua inocência.

1912: É condecorado com a Legião de Honra e lança *A rolha de cristal*, com Lupin, e *La frontière* [*A fronteira*]. Divorciado, casa-se novamente e tem um filho, Claude.

1913: Publica a coletânea de contos *As confidências de Arsène Lupin*.

1914: Escreve *Os dentes do tigre*, também da série com Lupin.

1916: Lança mais uma novela da série, *O estilhaço da granada*, e *La faute de Julie* [*O erro de Julie*].

1918: Publicação de outro título com Lupin, *O triângulo de ouro*.

1919: Vende para Hollywood os direitos de adaptação para o cinema dos livros *Os dentes do tigre* e *813*. Publica o livro de ficção científica *Les trois yeux* [*Os três olhos*] e um novo volume da série Arsène Lupin, *A ilha dos trinta ataúdes*.

1920: Lança *Le formidable evénement* [*O acontecimento extraordinário*], outra ficção científica.

1921: Publica *Os dentes do tigre*.

1922: Lançamento de *Le cercle rouge* [*O círculo vermelho*], romance policial sem a presença de Lupin.

1923: Publicação da coletânea de contos *As oito pancadas do relógio*, da série Arsène Lupin, e *Dorothée, danseuse de corde*, que foi lançado no Brasil como *A rival de Arsène Lupin*, mas não conta com o personagem.

1924-28: Mais três livros da série com Lupin: *A condessa de Cagliostro*, *A moça dos olhos verdes* e *A agência Barnett & Cia*.

1931: Vende direitos de adaptação de alguns de seus livros para a Metro Goldwyn Mayer.

1932: Adaptação para o cinema das histórias de Arsène Lupin, dirigida pelo também produtor e ator americano Jack Conway. O filme foi distribuído pela Metro Goldwyn Mayer.

1934: Publicação de *L'Image de la femme nue* [*A imagem da mulher nua*] e *Arsène Lupin, na pele da polícia*.

1935: Sai um novo Lupin, *A vingança da Cagliostro*.

1938: *O retorno de Arsène Lupin*, nova adaptação para o cinema dirigida pelo produtor e diretor francês George Fitzmaurice.

1941 | 6 nov: Aos 76 anos, com problemas pulmonares, morre em Perpignan, sul da França, próximo à fronteira com a Espanha. Publicação póstuma de *Os bilhões de Arsène Lupin*.

1962: Adaptação para o cinema de *Arsène Lupin contra Arsène Lupin*, por Édouard Molinaro.

1973: Publicação de *O segredo de Eunerville*, primeiro dos cinco livros de Arsène Lupin escritos na década de 1970 pela dupla Pierre Boileau e Thomas Narcejac, com autorização dos herdeiros de Leblanc.

2004: Lançamento de *Arsène Lupin – o ladrão mais charmoso do mundo*, filme dirigido por Jean-Paul Salomé.

2012: Publicação póstuma de *O último amor de Arsène Lupin*.

1ª EDIÇÃO [2016] 5 reimpressões

ESTA OBRA FOI COMPOSTA POR MARI TABOADA
EM LE MONDE LIVRE E IMPRESSA EM OFSETE PELA
GEOGRÁFICA SOBRE PAPEL PÓLEN DA SUZANO S.A.
PARA A EDITORA SCHWARCZ EM MAIO DE 2024

A marca FSC® é a garantia de que a madeira utilizada na fabricação do papel deste livro provém de florestas que foram gerenciadas de maneira ambientalmente correta, socialmente justa e economicamente viável, além de outras fontes de origem controlada.